富士急行の女性客

西村京太郎

NISHIMURA KYOTARO

KAPPA NOVELS

目次

本文イラストレーション　青木拓磨

第一章　青木ヶ原樹海

1

富士急行は、大月線と、河口湖線に分かれている。

大月線のほうは、中央本線大月から富士吉田までの、二十三・六キロ、河口湖線のほうは、その富士吉田から河口湖まで三・〇キロ、合計二十六・六キロの鉄道である。

最初は、大月駅から、富士山を目指して走る列車ということで、富士山麓電気鉄道という名称だった。

その名前から、鉄道という字が消えたのは、富士急行が、観光に力を入れているからだろう。現に、富士急ハイランドも、経営しているし、富士急山梨バス、富士急静岡バス、富士急湘南バス、さらに、富士汽船も、支配下においている。

最近は、ＪＲ東日本のパノラマエクスプレス「アルプス」を譲り受け、大幅にリニューアルして、「フジサン特急」という名前で、大月駅から河口湖駅まで、走らせている。

この「フジサン特急」が人気を集めているのは、運転席が二階にあり、先頭車両が、パノラマのような視界が楽しめる車両になっているのと、サロンカーも併設されているからだった。

外観は、白い車体に、富士山の、さまざまな形が漫画チックに、描き込まれていて、子供にも、人気のある車両である。

平日には三・五往復、土曜日と日曜、祝日には、上り八本、下り六本と増発される。

この列車が、鉄道ファンにも人気があるのは、途中の富士吉田駅に、今では珍しくなった、スイッチバックがあるからでもある。

白川健介《しらかわけんすけ》、三十歳は、この富士急行の車掌である。

三月六日、白川は、十一時五十一分、大月発の「フジサン特急」に乗務していた。

この車両は、富士急行唯一の特急列車で、大月から終点の河口湖まで、約四十分で走る、いわば、富士急行の売り物の列車である。

三両編成で、一号車は、前面がガラス張りのパノラマカーになっている。そのため、運転席は、自然に、二階になっている。

午前十一時五十一分、定刻に、白川健介の乗務する「フジサン特急」が、発車した。

大月駅から、終点の河口湖駅まで二十六・六キロの短い距離だが、面白いのは、大月駅の標高が三百五十八メートル、終点の河口湖の標高が八百五十七メートルと、実に五百メートルの高低差が、あることである。

列車が走り出すと、車掌の白川の仕事は、俄然、忙しくなる。どの地方鉄道でも、最近は、乗客が少なくなり、経営は、なかなか難しい。

そこで、富士急行でも、車内で、さまざまな記念品を、販売していた。白川が忙しいのは、その仕事も、車掌に任されていたからである。

富士急行の電車や、観光バスの形をしたオリジナル・ウォッチ。アラームをかけると光が出る。

九百円から千円。富士急一〇〇〇系セット、これも千円。

最近は、銚子電鉄の濡れせんべいと同じように、富士山せんべいを、売っている。三枚入りのものと五枚入りのものがあって、これがなかなか、評判がいい。

富士山の形のせんべいだが、冬景色の場合には、上半分ぐらいに、白い砂糖をまぶし、秋の富士は、少し濃いめの醤油が塗られていて、いかにも、四季の富士山らしく見えるのである。

今日はウィークデイの上に、まだ寒いせいで、乗客の数も、そう多くはない。

白川は、三十歳だが、まだ、独身である。自然に、乗客の中の、若い女性に目が行ってしまう。

白川は、一号車パノラマカーの中ほどに腰を下ろしている二十七、八歳の女性が、気になった。

美人である。

(誰かに似ているな)

と、白川が、考えながら、時々、目をやっているうちに、

(そうだ。新人女優の高木麻美《たかぎまみ》に似ているんだ)

と、思った。

女は、サングラスをかけている。そのサングラスが、よく似合っているのは、彫りが深くて、目鼻立ちが、はっきりとしているからだろう。

もうひとつ気になったのは、その女と一緒にいる男の乗客だった。

年齢は、おそらく、五十歳前後だろう。年のわりには、背が高く、がっちりとした体つきをしている。

その年齢差が、どうしても、白川の気になった。

途中で、女が男に頼まれたのか、三枚入りのお

せんべいを二袋買って、席に戻っていった。

その二人は、終点の河口湖駅まで、乗っていった。

白川のほうは、その後も、勤務が続くので、この年齢差のあるカップルが、その後、どうなったか、もちろん分からない。

2

その日、白川は、河口湖発大月行きの「フジサン特急」に乗務することになった。

河口湖駅十七時〇二分発、終点の大月には、十七時四十四分に着く。

その電車に、あの女が乗ってきたのである。

しかし、女は、一人だけだった。

男の姿は、見当たらない。

女は、下りの時と同じように、一号車パノラマカーに乗ってきたのだが、疲れているのか、すぐ座席にもたれるようにして、眠ってしまった。

白川は、あの男のことが、やたらに気になった。下りの「フジサン特急」の中で、彼女たちは、名物の、富士山せんべいを二袋、買っていた。それをどうしたのかも、分からない。

終点の河口湖駅で、降りた時、男は、女の肩を抱くようにして、ホームを歩いていった。その後ろ姿を、白川は、鮮明に、覚えていた。

二人は、河口湖まで、何をしに行ったのだろうか?

白川も、友人と一緒に、河口湖で遊んだことがある。

ここでの、いちばんの名物は、なんといっても、富士山である。遊覧船に乗れば、約三十分の湖上

遊覧が、できる。

その日は寒かったが、空気が澄んでいたから、逆さ富士も楽しめたことだろう。

河口湖駅から、少し歩くと、バス停があり、河口湖、西湖、青木ヶ原を周遊する鉄道バスが出ている。

河口湖の周辺には、湖と富士山を楽しめる、いくつかのホテルがあるが、彼女は、そのホテルに、泊まる気はなかったのか。

定刻の十七時四十四分に、電車は、終点の大月に着いた。

女は、俯《うつむ》いて、電車から降りていった。

3

一週間が過ぎ、三月十三日になった。

三月六日の女のこと、男のことは、白川の頭の片隅に、少しは、残っていたが、ほとんど忘れかけていた。

待機中の白川は、急に、駅長室に呼ばれた。

駅長室には、白川の知っている井口《いぐち》駅長や、富士急行の観光課長の小野《おの》、それに、同僚の駅員がいたが、そのほかに知らない顔が、二人いた。

五十代の男と、二十代の女である。

この二人が観光客だとすると、何か、富士急行について、苦情をいいに来たのかもしれない。そうなると、自分が呼ばれたのは、自分が乗務した車両の中で、何かあったのかもしれない。

(勤務中に、何か、ミスを犯したのだろうか?)

そんなことを考えて、白川が、緊張していると、井口駅長が、勤務日誌を見ながら、

「白川君、これを見ると、君は、三月六日の河口

湖行きの『フジサン特急』に乗務しているね？」

と、いう。

「はい。三月六日は、大月発十一時五十一分の『フジサン特急』に乗務し、その日に大月に帰ってくる十七時〇二分、河口湖発の『フジサン特急』に乗務しています」

と、白川は、答えた。

観光課長の小野が、親子ぐらいの年齢に見えるカップルに、向かって、

「三月六日ですが、大月発の、何時の『フジサン特急』に乗ったか、分かりますか？」

と、きく。

二十代の若い女が、小野に向かって、

「何時発の特急に乗ったのか、はっきりしたことは、分かりませんけど、間違いなく、三月六日の、河口湖行きの特急に乗ると、いっていたんです」

小野は、一枚の顔写真を、白川に、見せて、

「三月六日に、君が乗務していた河口湖行きの『フジサン特急』に、この人が乗っていなかったかね？」

中年の男の、顔写真だった。

どこかで見たことのあるような顔なのだが、どこで会った男なのか、自信がない。

白川は、女に向かって、

「その日の服装は、分かりませんか？」

「あの日は寒かったので、紺のカシミアのコートを着て、出かけています」

と、女が、いう。

「背の高さは、どのくらいですか？」

「父は、背が高くて、百八十五センチですけど」

と、いう。

聞いているうちに、白川の記憶が、急に、鮮明

になってきた。

　あの高木麻美に似た若い美人と一緒に、三月六日の『フジサン特急』に乗車していた男である。

　白川は、女に、

「お父さんは、おせんべいが、お好きですか？」

　と、きいてみた。

「はい。父は、甘いものは嫌いで、富士急行に乗ると、いつも、富士山の形をしたおせんべいを買うのを、楽しみにしているんです」

　と、女が、いう。

（間違いない。あの男だ）

　白川は、確信した。

「この人ですが、間違いなく、私が乗務していた『フジサン特急』に乗っていらっしゃいましたよ」

　白川が、いうと、

「三月六日、大月発十一時五十一分の『フジサン特急』だね？」

　と、井口駅長が、念を押す。

「そうです。カシミアのコートを着た、大きな男の方で、車内で、富士山せんべいをお買いになりました。間違いありません。この方です」

「その人は、どこまで乗っていったんだ？」

「終点の河口湖駅で、お降りになりました。もしかすると、鉄道が、お好きなんじゃありませんか？」

　白川は、女に、きく。

「ええ、父は、鉄道ファンで、それも、地方を走っている、小さな鉄道に乗るのが好きで、去年も、千葉県を走っている銚子電鉄に、わざわざ乗りに行って、濡れせんべいを、たくさん買ってきたんです」

「そうですか、それなら、間違いありませんね。

この写真の男の人は、富士吉田のスイッチバックが、面白いらしくて、盛んに写真を撮っていらっしゃいましたから」

と、白川は、いった。

「どうやら、三月六日に、ウチの『フジサン特急』に乗って、終点の、河口湖駅までいらっしゃったことは、間違いないようですね」

観光課長の小野が、女と、五十代の男に向かって、いった。

「その特急列車は、終点の河口湖駅には、何時に着くんですか？」

男が、白川に、きいた。

「河口湖着は、十二時三十六分です」

と、白川が、答えた。

「それなら、父は、河口湖に着いてから、昼食をとったと思います」

若い女が、男に、いっている。

「じゃあ、これから、河口湖に行ってみようじゃないか？　ちょうど、同じ時刻に発車する特急が、出るらしいから」

と、男が、いった。

「白川君、君は、今日も、十一時五十一分発に乗務だね？」

駅長が、きく。

「そうです。十分後に、発車します」

4

カップルが、河口湖駅までの「フジサン特急」の切符を買いに行ったあと、白川は、観光課長の小野に向かって、

「事情が、よく分からないのですが、どういうこ

となんですか?」

小野は、ちょっと迷った感じのあと、

「実は、三月六日に、あの娘さんのお父さんが、河口湖から西湖、そして、青木ヶ原の樹海を見に、出かけたらしいんだ。分かっているのは、三月六日のウチの『フジサン特急』に乗るということだけだ。ところが、今日になっても、父親が、帰ってこない。心配になって、父親の友人と二人で、探しに来たんだよ。君は、たまたま、三月六日の、父親が乗ったと思われる『フジサン特急』に乗務していたんだろう?」

「そうです」

「何か、思い出したことがあったら、なんでも、話してあげなさい」

十一時五十一分、三月六日と同じ「フジサン特急」に乗務して、白川は、大月駅を、出発した。


車内で、女と男に、白川は、聞かれるままに、一号車パノラマカーのどの辺に、父親が、座っていたかなどを教えた。

問題は、あの時、男は、若い女と一緒だったことだ。そこまで話していいものかどうか、白川は、迷っていた。

もし、あの時の女が、父親の浮気相手でもあったら、娘は、ショックを受けるのではないか。そう考えると、簡単にしゃべることはできないと、思ってしまうのである。

「お父さんは、車内で、この、富士山せんべいを、お買いになりました」

白川は、三枚入りの富士山せんべいを、彼女に渡した。

「父は、いつも、旅行の時には、デジカメを持っていくんですけど、三月六日にも、持っていましたか？」

「ええ、持っていらっしゃいましたよ。さっきも、お話ししたように、この電車は、終点の河口湖駅の近くで、スイッチバックしますから、お父さんは、その様子を、窓から撮っていらっしゃいました」

「父は、携帯電話を、持っていたでしょうか？」

と、娘が、きく。

「携帯電話ですか？　ちょっと覚えていませんが、いつも、持っていらっしゃるのですか？」

「ええ、どこに行くにも、必ず、持っていくんですけど、いくらその携帯に電話をしても、まったく、返事がないのです」

娘が、悲しそうな顔で、いった。

「お父さんの携帯は、全然、通じないんですか？　それとも、呼び出しはしていても、出ないんですか？」

「電池が、切れているのか、それとも、壊れてしまっているのかは、分かりませんけど、全然、からないんです」

娘は、また、悲しそうな顔になった。

白川は、三月六日の、一号車の中の様子を思い出そうと努めた。

まだ、一緒にいた女のことを、話していいものかどうか、迷っていた。

電車は、終点の河口湖駅に着いた。

「あなたのお名前と、連絡先を教えていただけませんか？　父について、思い出したことがあったら、連絡していただきたいし、こちらからも、何か、お聞きしたいことが、出てくるかもしれませんから」

娘が、白川に向かって、いった。

白川が、自分の名前と、携帯の番号を伝えると、相手は、代わりに、名刺をくれた。

女のくれた名刺には、「崎田《さきた》めぐみ」とあり、住所も、書いてあったが、肩書はなかった。

「今、S大の、四年生です。私の携帯の番号も、書いておきます」

そういって、彼女は、名刺に、自分の持っている携帯の番号を、書いた。

男がくれた名刺には、寺西博《てらにしひろし》とあった。東京にある公立中学校の名前が、書いてあったが、白川の知らない名前だった。

「あなたのお父さんの名前を、教えていただけませんか？」

白川が、いうと、崎田めぐみは、

「崎田幸太郎《こうたろう》といいます。五十二歳です」

「お父さんは、何を、やっていらっしゃるのですか？　こちらの方と、同じ学校に勤めていらっしゃるんですか？」

白川が、きくと、寺西が、

「勤めている職場は、違いますよ。ただ、僕と崎田とは、同じ趣味のサークルに属していました。五人の男女で、日本ミステリーの会という名前のグループを作っていて、日本で不思議な場所とか、不思議な話を探して歩くんですよ。今回、崎田は、青木ヶ原の樹海を調べるといって、三月六日に、一人で出かけていったんです。それが、一週間経《た》っても、帰ってこないので、心配になり、彼の娘さんと一緒に、行方を探しているんです」

と、寺西は、いう。

河口湖駅に着くと、この周辺を探してみるといって、二人は、降りていった。

今日も、白川は、十七時〇二分、河口湖発の帰

りの「フジサン特急」に乗務することになってい
る。
白川は、駅の傍《そば》の食堂に行き、少し遅い昼食を
とることにした。
ラーメンの大盛りと、ギョウザを注文して、食
べていると、富士急行では先輩で、運転士をやっ
ている斉藤《さいとう》が入ってきて、白川の前に、腰を下ろ
し、チャーハンを注文した。
斉藤は四十二歳。妻子がある。
「どうしたんだ？　浮かない顔をしているじゃな
いか？」
斉藤が、白川に、声をかけてくる。
「僕、そんな顔を、していますか？」
「ああ、している。彼女に振られたのか？」
と、斉藤が、笑う。
「そんなんじゃありません」
「大月駅で、駅長に呼ばれていたが、何かあった
のか？」
「三月六日の乗務のことで、聞かれたんですよ」
白川は、駅長室でのことを、斉藤に、簡単に話
した。
「なるほどね」
と、斉藤は、うなずき、運ばれてきたチャーハ
ンを、かき込みながら、
「俺も、ちょっとだけ、駅長に聞かれたんだ。三
月六日の『フジサン特急』で、このお客を覚えて
いないかってね。中年の男の写真も見せられたよ。
でも、俺は、運転士だし、客席とは離れているか
ら、お客の顔は、覚えていないといったら、駅長
の話は、それで終わりだった。君は、その客の顔
を覚えていたんだな？」
「そうなんです。五十代で、背が、やたらに高い、

お客さんでした。それに、富士山せんべいも、買ってくれましたから」

「それならそれで、いいじゃないか？　ちゃんと、協力したんだから」

と、斉藤が、いう。

「たしかに、そうなんですが」

と、白川は、いった。

「お前が、心配したって、仕方がないだろう？　家族や友人が、心配するのは当然だが、お前は、直接、関係ないんだから」

斉藤は、断定的に、いった。

白川は、また、不安定な気分になってしまった。

食事を終わり、お茶を飲みながら、考え込んでいたが、

「斉藤さんに、相談したいことがあるんです」

と、いった。

「何だ？　金のことなら、力になれないぞ」

斉藤が、笑う。

「そうじゃなくて、今の話に、繋《つな》がっているんですよ」

「どういうことだ？」

「三月六日に、たしかに、あの娘さんと友だちが、探している男の人を見たんですけど、実は、その時、男の人は、若い女性と一緒だったんですよ。それを、娘さんに話していいものかどうかで、迷っているんです。父親が浮気をしているんだとすると、年頃の娘さんにとっては、ショックでしょうからね」

白川が、いうと、斉藤は、急に身を乗り出すようにして、

「それ、本当の話なのか？」

「ええ、本当です。だから、困っているんです。

どうしたらいいんですかね？」

斉藤は、急に、真面目な顔になって、考え込んでいたが、

「今日、娘さんと、友だちが、探しに来たんだな？」

「ええ、そうです」

「どうして、奥さんは、来なかったんだ？　おかしいじゃないか」

と、斉藤が、いった。

「たしかに、そういわれてみれば、そのとおりですね」

白川が、眼を大きくして、斉藤を見た。

「いちばん心配しているのは、奥さんのはずなのに、なぜ、今日、一緒に来なかったんですかね？」

「ひょっとして、奥さんは、いないんじゃないのか？　別れてしまったか、病気で、亡くなったかしてだ。そうだとすると、三月六日に、男の人が、若い女性と一緒だったとしても、浮気ということにはならないんじゃないのか？」

と、斉藤が、いった。

「そうですね。奥さんがいないのなら、浮気じゃないんだ。でも、娘さんに話していいですかね？　僕は、どうしたらいいでしょうか？」

白川が、重ねてきくと、斉藤に、

「それは、お前が、考えることじゃないか？　俺に聞くな」

と、突き放されてしまった。

5

白川は、決心のつかないまま、河口湖駅に戻っ

たが、駅の構内に貼ってある、河口湖、西湖、青木ヶ原樹海を巡る観光バスのポスターを見ているうちに、不安が大きくなっていった。

白川は、携帯電話を取り出すと、さっき教えてもらったばかりの、崎田めぐみの携帯に、かけた。

「もしもし」

という、若い女の声がする。

「崎田めぐみさんですね?」

と、確認してから、白川は、

「実は、もうひとつ、あなたにいい忘れたことがあるんですが、これから、お会いできますかね? 僕は、富士急行の人間で、まだ、勤務中なので、駅からは、離れられないんですが」

「それなら、これからすぐ、そちらに、戻ります」

と、めぐみが、いった。

十分ほどして、崎田めぐみが、寺西と一緒に、河口湖駅に戻ってきた。

めぐみは、白川の顔を見るなり、

「私に、何か話してくださるそうですけど、何でしょう?」

と、せっかちに、いう。

「お母さんは、今度のことを、心配していらっしゃらないのですか?」

白川が、きいた。

「母は、二年前に、亡くなりました」

その答えを聞いて、白川は、少しばかり、ホッとした。

それでも、いざとなると、どう話したらいいのかと迷っていると、めぐみのほうから、

「もしかして、父は、女の人と、一緒だったんじゃありませんか?」

と、いった。

「想像は、ついていたんですか」

「やっぱり、父は、女の人と一緒だったんですね」

「実は、そうなんですよ。あなたに話していいものかどうか、さっきから、ずっと、悩んでいました」

「それなら、ぜひ、話してください」

と、めぐみが、いった。

「あなたのお父さんは、二十代後半の女の人と一緒でした」

「どんな女性でしたか？」

寺西が、きく。

「そうですね、すらっと、背が高くて、ああ、そうだ、高木麻美に、顔が似ていましたね」

白川が、いうと、五十二歳の寺西のほうは、

「高木麻美って、どんな女優さんでしたっけね？」

と、首をひねったが、二十代の崎田めぐみは、

「ああ、Sテレビの、昼間のドラマに出ている、あの女優さんですね」

と、応じた。

「僕が勝手に、高木麻美に、似ていると、思っただけです。ちょっとほかに、うまく形容できなくて」

「その女性は、父と、ずっと一緒だったんですか？」

と、めぐみが、きく。

「どこまで一緒だったかは、分かりません。富士急行の大月駅で『フジサン特急』に乗ってきた時は、一緒でした」

と、白川は、いった。

「電車の中での、二人の様子は、どうでしたか？」

今度は、寺西が、きく。

「そうですね、お二人並んで、腰を下ろしていましたよ。一号車のパノラマカーです。途中で、あなたのお父さんに、頼まれたのか、女の人が、例の、富士山せんべいを、買っていました。富士吉田では、お父さんは、スイッチバックに興味を持っているらしくて、窓から盛んに、写真を撮っていましたよ。その後、終点の河口湖駅で、お二人は、降りていかれたんです」

「ほかに、何か覚えていらっしゃったら、ぜひ教えてください」

めぐみが、いった。

「これは、ちょっと、話しにくいことなんですが、三月六日は、大月に帰る『フジサン特急』にも乗務しました。十七時〇二分、河口湖発の最終の『フジサン特急』です。その電車に、今いった女の人が、乗ってきたんですよ」

「父は、その時も、一緒でしたか？」

「いいえ、僕が見たのは、女性だけでした。だから、それで、河口湖駅で降りた男の人は、どうしたんだろうと思ったことを、覚えているんです」

「女の人は、どんな様子でしたか？」

「そうですね、何か、ひどく、疲れているような感じでしたよ。電車が、走り出した後は、座席に、体を、もたせかけるようにして、目をつぶっていらっしゃいましたから」

と、白川は、いった。

「帰りの電車の中では、女の人は、本当に、一人だったんですか？　父以外の、男の人と一緒では、なかったんですか？」

めぐみが、きいた。

「本当に一人でした。ウソは、いっていませんよ。終点の大月で、降りていったんです」

白川は、少しばかり、ムキになって、その女性は、大月まで、ずっと一人だったと、繰り返した。

6

翌三月十四日、練馬区の石神井《しやくじい》警察署に、崎田めぐみが、父の友人、寺西博と連れだって、父、崎田幸太郎、五十二歳の、捜索願を出した。

その時、めぐみが持参したのは、父、崎田幸太郎の顔写真三枚、東京M製薬業務部長の肩書のついた名刺、それと、父の身長、体重、クセなどを書いたメモだった。

友人の寺西博が提出したのは、五人の男女で作っている、日本ミステリーの会の名刺だった。

めぐみの出した、父親の捜索願を、受け取ったのは、石神井警察署生活安全課の、渡辺《わたなべ》という若い刑事だった。

渡辺は、メモを取りながら、二人に、必要なことを、聞いた。

「お父さんが消息を絶ったのは、三月六日からですか？」

「はい、そうです」

「今日は、三月十四日だから、もう一週間以上、経っていますね。これまで、どうして、捜索願を、出さなかったんですか？」

その質問に、めぐみが、答えようとすると、

「それには、私が答えます」

と、寺西が、いった。

「今、名刺を、差し上げたように、僕たちは、五

人で、日本ミステリーの会というグループを作っているんです。日本の中で、よく分からない不思議なものとか、場所があれば、それを、探検して、その結果を、毎月一回集まって、発表するんですよ。崎田さんは、今回一人で、青木ヶ原の樹海を、調べに行ったんです。出かけたのが三月六日で、こういう調査は、時間がかかるからと思って、崎田さんから連絡が来るのを待っていたんです。それで、捜索願を出すのに、時間が、かかってしまいました」

「それで、お父さんは、青木ヶ原の樹海に行かれたんですか?」

渡辺は、めぐみに、きいた。

「昨日、富士急行という、大月から河口湖まで行く鉄道会社に行って、話を、聞いてきたんです。父は、その富士急行に乗るというようなことを、いっていましたから。間違いなく、父は、乗っていました。三月六日の大月発の『フジサン特急』という電車に乗って、終点の河口湖駅まで行っていたのが、分かりました。河口湖駅からは、河口湖、隣の西湖と、青木ヶ原の樹海を回るバスが、出ています。たぶん、父は、それに乗ったと思うんですけど、本当に乗ったかどうかは、分かりませんでした。その後も、父からは、まったく、連絡がないので、こうして、捜索願を、出すことにしたのです」

「なるほど。今、お話を伺うと、三月六日に、富士急行の『フジサン特急』という電車で、河口湖駅まで、行ったことは、間違いないんですね?」

「はい。その電車の車掌さんが、証言してくれました。ですから、間違いありません」

「青木ヶ原の、樹海ですが、今は、樹海の中を案内してくれるガイドさんが、いるんじゃありませんか？　そのガイドに、お父さんのことを、聞いてみましたか？」

「ええ、今、刑事さんがおっしゃったように、青木ヶ原の樹海の入口のところに事務所があって、そこには、何人かのガイドさんが、いらっしゃるんです。ガイドさんは、樹海を案内してくださいます。私は、寺西さんと一緒に、その事務所でも、父のことをききました。ガイドさんは、父を目撃したことはないと、おっしゃいましたが、とにかく、樹海の中を探してみると、約束してくださったのです。でも、その後、父が、見つかったという知らせは、来ていません」

と、めぐみが、いった。

「ほかに、何か、私のほうに、いっておきたいことは、ありませんか？」

渡辺に、いわれて、一瞬、めぐみは、寺西と顔を見合わせたが、

「実は、母は、二年前に、病気で、亡くなっています」

「なるほど」

「父は、今いったように、富士急行で、河口湖駅に行ったんですけど、その電車の中で、二十代後半の女性と、一緒だったんです。富士急行の車掌さんが、確認しています。なんでも、女優の高木麻美に、よく似た女性だったそうです。その女性は、父と一緒に、河口湖駅で降りたそうですが、その日の大月に帰る最終の『フジサン特急』に、彼女が一人で、乗ってきたそうです。父は、一緒ではなかったんです」

「その、高木麻美に似ているという女性ですが、心当たりのある女性ですか？」

渡辺が、きいた。

「いいえ、私には、まったく、心当たりがありません。そういう女性は、一度も、見たことがないんです」

と、めぐみが、答え、友人の寺西も、

「そういう女性は、私も、見たことも、会ったこともありません」

と、いった。

渡辺刑事は、メモを取り終わると、二人に向かって、

「一応、捜索願は、受理しましたが、そちらのお話では、富士急行の河口湖駅から、いなくなってしまったということですね。われわれとしては、わざわざ現地まで行って、探すわけには、いきません。県警に連絡を取り、河口湖駅周辺、あるいは、青木ヶ原の樹海の中を調べてもらうことしか、できません。それは、了承していただきたい」

7

渡辺刑事は、あまり、過大な期待は、持たないでもらいたいと、崎田めぐみと、寺西博にはいった。ただ、若い渡辺自身は、前々から、青木ヶ原の樹海には、興味を、持っていた。

青木ヶ原の樹海には、昔から、さまざまな伝説というか、いい伝えがある。

たとえば、樹海の中では、磁石が狂ってしまうので、一度入ったら、抜け出せなくなる。

樹海は、東京二十三区ぐらいの広さがある。

奥に入ると、死者が、呼んでいるような声が聞こえる。

そんな話である。

子供の頃から聞いている、青木ヶ原樹海の謎めいた話が、今回の捜索願と重なって、渡辺は、崎田めぐみが置いていった、樹海の入口の事務所の、電話番号が気になり、電話を、かけてみることにした。

電話に出てくれたのは、青木ヶ原のガイドの一人で、石田《いしだ》という男だった。

「こちらは、東京石神井警察署の渡辺といいますが、今日、崎田めぐみさんという女性から、父親の捜索願が、出ましてね。父親は、青木ヶ原の樹海を、調べようとしていたらしいのです。富士急行の河口湖駅まで行ったことは、確認しているのですが、その先が、分からなくなってしまっています」

渡辺が、いうと、電話口の石田は、

「その方のことは、よく、覚えていますよ。たしか、昨日、こちらに、みえましてね。父親の崎田幸太郎さんが、ひょっとして、一人で、青木ヶ原の樹海に入って、迷ってしまったのかもしれない。そういわれたのです。それで、ウチのガイドが、何人かで、捜索をしましたが、見つかりませんでした。それは、崎田めぐみさんには、話していますよ」

「青木ヶ原の樹海は、磁石が利かないので、迷い込んでしまったら、抜け出せないといいますが、それは本当ですか?」

渡辺が、きいた。

「ある意味では、本当ですね。昔、富士山が爆発して、溶岩が流れ込みました。それで出来たのが樹海ですが、鉄分の多い溶岩なので、たしかに、磁石の利きは、悪くなります。しかし、一度迷い込んだら、二度と出られないというのは、本当じゃありません」

「しかし、磁石は、利かないんでしょう？　どうやって、出るんですか？」

「皆さんの持っている携帯電話が、役に立ちます」

「携帯で、ＳＯＳを出せばいいからですか？　しかし、自分が、今どこにいるか分からなければ、どうするんですか？」

「それを考えて、広い樹海の中の、現在、何カ所かに、アンテナを立てています。携帯を持って、樹海の中を歩いていると、今、どの辺を歩いているのかが、そのアンテナによって分かるのです。ですから、携帯を持っていれば、現在地を特定して、助け出すことが可能です」

「その方法で、捜索願が出ている崎田幸太郎さんも、探せるわけですか？」

「娘さんから、行方不明のお父さんの、携帯電話の番号を聞きましてね。今いった方法で、探しましたが、反応はありませんでした。携帯を持っていないか、電源を切ってしまっているかだと、思いますね」

「そのほか、崎田さんについて、どんなことを調べているんですか？」

「三月六日、崎田幸太郎さんは、富士急行の河口湖駅で、降りました。青木ヶ原の樹海に行きたければ、河口湖駅から出るバスに乗られたと、思うのですよ。また、ここの事務所では、毎日、時間を決めて、樹海をガイドしています。事務所の前にあるコウモリ穴、変わったヒノキの樹木、竜宮洞穴などを案内して、スタートの、この事務所に戻ってくる、全部で約三時間のコースを、ご案内しています。三月六日について、こちらで、調べたところ、五組のグループを案内していますが、ガイドの全員に聞いても、崎田幸太郎さんと思われる男性を、案内したというガイドは、いないんですよ。ですから、三月六日、崎田幸太郎さんは、この事務所に来て、私たちガイドに、樹海を案内させたことはなかったと、そういうことになりました」

「臨時に、一人で、ガイドさんがついて案内してもらうことは、できるんですか？」

「もちろん、できます。一人一時間五百円で、ご案内しますよ。ただし、一日七回が限度ですね」

と、電話の相手が、いった。

「三月六日には、そういう、一人だけで、案内してもらった客は、いなかったんですね？」

「ガイド全員に聞いていますが、個人的に、ガイドを頼んだお客さんは、いませんでした」

「娘さんの頼みで、樹海の奥まで、探されたわけですか？」

「そうです。探してみました。しかし、樹海の中は、とにかく広いし、あちこちに洞窟がありましてね。最悪の場合、そこに迷い込んだりすると、見つけるのは、ひじょうに困難です。簡単に探せる範囲は、すべて、探しましたが、見つからなかった。そういうことです」

「崎田幸太郎さんですが、お友だちの話ですと、五人の男女で、日本の不思議な場所などを探検するグループを、作っているそうですが、そのことは、お聞きになりましたか？」

「ええ、娘さんから、聞きました。なんでも、お父さんは、青木ヶ原の樹海を、一人で調べると、いっていたそうですね」

「もし、崎田幸太郎さんが、現在、青木ヶ原の樹海の中にいないとすると、どういうことが考えられますか?」

「そうですね、私の個人的な考えですが、二つのケースが考えられます」

と、石田が、いった。

「どういうケースですか?」

「第一は、崎田幸太郎さんが、われわれガイドに断らずに、暗くなってから、一人で、樹海に、入ってしまったということです。そして、どこかの洞窟に迷い込んだ。その時、携帯は壊れてしまったので、携帯を頼りに、崎田さんを探すことが、できなくなってしまった。これが、第一のケースです」

「第二のケースは?」

「私が、娘さんに聞いたところでは、行方不明のお父さんは五十二歳、いわば男盛りです。二年前に、奥さんを亡くされています。だとすると、新しくつき合っている女性が、いたのではないでしょうか? 年頃の娘さんには、そのことを、話せません。そこで、彼女と二人で、娘さんと別れて暮そうと決心したんですよ。そこで、青木ヶ原の樹海を、調べに行くと称して、富士急行で、河口湖まで行きましたが、もちろん、それが目的じゃないから、そこから、彼女と、どこかに姿を消してしまった。その可能性もあると、私は、思うのですがね」

「しかし、娘さんの話では、三月六日、富士急行で、河口湖まで行った時には、二十代後半の美人の女性が、一緒だったというのです。ところが、その女性だけが、大月に、帰ってきて、崎田幸太郎さんは、消えてしまったんです。そうなると、好きな女性ができて、どこかに姿を消したというのは、少しばかり違うんじゃありませんか?」

「途中から帰った女というのは、ダミーだったんですよ。本命は、別の女で、その女と、姿を消したんですよ。そう考えることも、できるんじゃありませんか?」

石田は、いやに、頑固だった。

8

渡辺刑事は、電話を切った後、ガイドの石田がいったことを、メモした。彼のいうとおり、考えられるケースは、二つである。

(崎田めぐみが、電話してきたら、この二つの推測を話すより、仕方がないか)

と、渡辺は、思った。

たしかに、石田がいったように、これ以外のケースは、ちょっと、考えにくい。

崎田は一人で、青木ヶ原の樹海を、調べようと思い、夜になってから、密《ひそ》かに、樹海に入っていった。

ところが、どこかの洞窟に、迷い込んでしまい、その時に、携帯が壊れて、発信をしなくなってしまった。

まずいことに、崎田が迷い込んだ場所は、外から探して見つからないような場所だった。

もうひとつのケースは、もしかすると、こちらのほうが、可能性が、大きいかもしれない。

たしかに、二年前に、妻を亡くした五十二歳の中年男というのは、働き盛り、男盛りといってもいい。

女が、欲しくなったとしても、不思議ではない。

つき合いたいが、一人娘のめぐみは、反対するだろう。父親のセックスについて、娘というのは、厳しい目を向けがちだからだ。

それでも、崎田は、どうしても、新しく見つけた女性と、一緒になりたかった。そこで彼女と二人で、しばらく、娘の前から姿を消すことにした。一人で、青木ヶ原の樹海を調べに行くと、娘には、いい、高木麻美に似ている女と一緒に、富士急行に乗り、終点の河口湖駅まで行った。

この女は、あくまでもダミーで、河口湖まで、行ったのは、青木ヶ原の樹海を調べに行くという体裁を、作るためだった。樹海の近くで、高木麻美似の女性と別れ、本命の女と一緒に、姿を消した。自分から見つからないようにしているのだから、なかなか見つからないのが、当然なのだ。

第三のケースが考えられないこともない。

たとえば、崎田は、自分より二回りくらい若い女とできてしまった。それが、富士急行の中で、一緒にいた、高木麻美に似た女である。

彼女は妊娠してしまい、崎田は、結婚することにした。

しかし、一人娘のめぐみは、父の再婚には、反対している。どうしようもなくなって、崎田は、女と、心中する決心をした。女も覚悟を決めて、二人で三月六日、青木ヶ原の樹海に入って行った。ところが、土壇場で、崎田は、若い女を自分の道連れにすることができなくなり、彼女を殴るかして、意識を失わせておいて、一人で、樹海の奥に消えていった。

気がついてから、女は、崎田を探したが、見つからない。心身ともに疲れ切って、一人で、帰ることにした。

その疲れ切った姿を、白川という、富士急行の車掌が目撃した。これが、第三のケースである。

（このケースは、あまり、リアリティがないな）

と、渡辺は、思った。

9

三月十六日、三月六日から数えて、十日目である。

この日の早朝、石神井公園で、犬の散歩をさせていた、近くの、七十歳の老人が、公園の中で、死体を発見し、すぐに、自分の携帯を使って、救急車を呼んだ。

五分後に、救急車が駆けつけ、救急隊員は、仰《あお》向《む》けに横たわっている男の体を、急いで、近くの救急病院に搬送した。

しかし、男は、すでに死亡していた。

医者によれば、病院に着いた時には、すでに死亡していたという。

後頭部に、裂傷があり、喉には、ロープが巻き付いている。

医者は、殺しの可能性があると考えて、一一〇番した。

これが、殺人事件の始まりだった。

警視庁捜査一課から、十津川《とつがわ》警部と、部下の刑事たちが、鑑識を連れて、病院にやって来た。

被害者の身元は、すぐ分かった。着ていた背広の内ポケットに、運転免許証が、入っていたからである。

殺されていた男は、金子修《かねこおさむ》、五十二歳。住所は、世田谷区太子堂×丁目の、SRマンション七〇三号室だった。

「死亡推定時刻は、分かりますか？」

十津川は、金子修を診た医者に、きいた。

「おそらく、昨夜遅く、十一時前後だと、思います」

と、医者が、いった。

深夜だとすると、世田谷区太子堂に住む金子が、この現場の石神井公園まで、歩いてきたとは、思えない。

タクシーか、あるいは、自分の車を、使ったとみていいだろう。

「被害者は、現地まで、世田谷の太子堂から車で来たと考えて、その車を、探してくれ」

十津川は、部下の刑事たちに、いった。

背広のポケットには、金子自身のものと思われる名刺が、十二、三枚、名刺入れに入れられて、ポケットに入っていた。

それによれば、金子修の肩書は、神田にあるK出版で出している、雑誌の編集長ということだった。

十津川は、朝の十時が過ぎるのを待って、神田のK出版に、電話をかけた。

電話に出たのが雑誌の編集者だったので、金子修の名前をいうと、間違いなく、ウチの雑誌の編集長だという。

「その金子さんですが、練馬区の石神井公園で、殺されていて、現在、近くのR病院に運ばれてきています。すぐ、確認に来ていただけませんか?」

と、十津川は、いった。

四十分ほどして、安田《やすだ》という、三十代の編集者が、病院に姿を現した。彼に、まず、死体を確認してもらう。そのあと、亀井《かめい》刑事と二人、安田と一緒に、神田のK出版に、向かった。

ＪＲ神田駅の近くにあるＫ出版は、中堅の出版社で、十津川は、そこで、出版部長に会った。

「金子君には、五年間、雑誌の編集長を、やってもらっていますが、とても優秀で、人あたりもよく、彼が殺されるようなことは、まったく、考えられませんね」

出版部長は、十津川に、いった。

「しかし、殺されたんですよ。それも、世田谷の、自宅マンションから、練馬区石神井公園まで、おそらくは、犯人に呼び出されて、殺されたと考えられるのです」

「しかし、彼が、編集長をやっている間、何の問題も起こしていませんし、記事の中で、政治家や暴力団員などを扱ったときも、恨みを買うようなことは、なかったんですよ」

「金子さんと、特に親しかった人を知りませんか？」

「ウチの会社の中でですか？」

「いや、違うところでです」

「そういわれても、すぐには、分かりませんけどね」

出版部長は、少し、考えていたが、

「そういえば、いつだったか、こんな話を、金子君から、聞いたことがあります。なんでも、ウチの雑誌の企画で知り合った五人の男女で、日本の不思議な場所や、不思議な人間を調べて、発表するグループを作っているんだそうです。ＵＦＯの研究をしたり、さまざまな怪奇現象について、調べたりするのが、すごく、楽しいんだと、いっていましたね」

「それは、ミステリー研究会のようなものですか？」

「そうでしょうね。その中のいくつかが面白くて、ウチの雑誌で、扱ったこともありますよ。そこに、五人の名前が、書いてあったんじゃなかったかな？」

出版部長は、その雑誌を探してくれた。

出版部長が、見せてくれた雑誌には、特集として、「神は存在するか〜徹底研究」というタイトルで、「日本ミステリーの会」という名称が記され、五人の名前が書いてあった。

金子修、崎田幸太郎、寺西博、中野新太郎《なかのしんたろう》、新藤晃子《しんどうあきこ》の五人の名前である。

「金子さんを除いた、ほかの四人ですが、どこに住み、どんな仕事を、している人か、分かりますか？」

十津川が、きくと、

「金子君のプライベートの友だちですから、私には、分かりませんが、彼の机の引出しに、名刺か、メモが、あるんじゃありませんか？」

と、出版部長が、いった。

十津川は、金子修が使っていた、机の引出しを開け、亀井と二人で、このミステリーグループの名刺を、探した。

名刺は見つからなかったが、手帳が入っていて、それに、問題の四人の名前と住所、携帯電話の番号などが、書いてあった。

十津川は、いちばん上にあった、寺西博に電話を、かけてみた。

相手が出たので、十津川は、警視庁捜査一課の人間だと自己紹介してから、金子修が殺された事件の捜査について、協力してほしいと、伝えると、電話の向こうで、寺西は、

「金子さんが、殺されたんですか？　崎田幸太郎

さんの行方不明と、何か関係があるのかな？」

と、いった。

その言葉に、十津川の方が、驚いて、

「皆さんは、五人で、ミステリー研究会を作っていらっしゃるんでしょう？　その中の金子修さんが、殺されたんです。もう一人、誰か、いなくなったんですか？」

「崎田幸太郎さんですよ。彼は、三月六日に、消えてしまったんです」

と、寺西博が、いった。

第二章　日本ミステリーの会

1

「実は、私たちの仲間が、一人で、青木ヶ原の樹海を、調べに行ったまま、帰ってこないんですよ」

寺西博にいわれて、十津川は、その話を思い出した。新聞記事で、見たのである。

十津川は、その記事を思い出しながら、

「たしか、娘さんが、警察に、捜索願を出していましたね？」

「そうです。三月六日に、失踪したまま、いまだに、帰宅しないので、娘さんが、心配しているんです。われわれ友人も、心配していますが」

と、寺西が、いった。

「たしか、青木ヶ原の樹海には、観光客を案内するガイドが、何人も、いるんじゃありませんか？」

「それで、みんなで、金を出し合って、ガイドを雇い、何回か、青木ヶ原の樹海を見に行っているんですが、見つかりません」

「崎田幸太郎さんが、一人で、青木ヶ原の樹海を調べに行ったのは、分かりましたが、殺された金子修さんは、何をしていたんですか？」

十津川が、聞いた。

「仲間の崎田さんが、一人で青木ヶ原の樹海を調べに行って、行方不明になってしまったので、みんなで、今度の二十日に、休みを取って、崎田さんを探しに行こうじゃないか。それを、金子さんが発案しましてね。彼が、ガイドたちとの打ち合わせもやって、二十日には、全員で、青木ヶ原の樹海に、行くことになっていたんです」

「その計画を、金子さんが、立てていたということですか？」

「ええ、そうです。金子さんから、スケジュール表が、ファックスで、送られてきていたはずです。ちょっと、待ってくださいよ」

寺西は、いって、ファックスを見に行き、戻ってから、

「やっぱり金子さんから、ファックスが来ていました。これは、金子さんが死ぬ前に送ったんじゃないですか？　二十日当日のスケジュールが書いてあります。どこに集まって、どういうルートで、青木ヶ原の樹海に行くかも、書いてあります」

「どんなスケジュール表に、なっているんですか？」

「中央線の大月駅に、集合。そこから富士急行で、河口湖まで行き、その後はバスで、青木ヶ原の樹海の入口まで行く。ガイドは、二人契約したので、その三人と一緒に、樹海に入っていって、友人の崎田さんを探す。そういうスケジュールになっていますね」

寺西が、教えてくれた。

「金子修さんが、死んでしまいましたが、皆さんは、二十日には、崎田さんを探しに、青木ヶ原の樹海に、行くつもりですか？」

「これから、みんなと、相談しなければなりませんが、僕自身は、二十日には、行くつもりですよ」

寺西が、いった。

2

その日のうちに、捜査本部が設けられ、最初の捜査会議が開かれた。

黒板には、五人の名前が、並べて書き出されている。

十津川は、殺人事件が起きた経過について、捜査本部長の三上《みかみ》に、報告する。

「本日早朝、石神井公園の中で、金子修、五十二歳が、死体となって、発見されました。金子修は、神田にあるK出版が出している雑誌の、編集長です。同時に、金子は、彼を含めた男女五人の仲間と、日本ミステリーの会というグループを作り、不思議な出来事や、ミステリーが起きた場所に行って、それを、解明しようとする、アマチュアの探偵団のようなグループの一人でもあります。この五人の中の、崎田幸太郎は、三月六日に、富士の樹海、青木ヶ原の謎を解こうとして、一人で出かけていきましたが、そのまま、今に至るも、帰ってきていません。この失踪事件のほうが、先に起きているわけです。今日、死体で、発見された金子修が、リーダーになって、三月二十日に、青木ヶ原の樹海に行き、みんなで、行方不明になっている崎田幸太郎を、探すことになっていました。これが、死ぬ前に、金子修が、グループのみんなに送った、そのスケジュール表です。ご覧のように、三月二十日、中央線の大月駅に集合、富士急行で河口湖まで行き、ガイド三人を雇って、富士の樹海に、入っていって、仲間の崎田幸太郎を、探すことになっていました。五人のうちの一人、寺西博に、電話で聞いたところ、仲間の金子は、殺されてしまったが、二十日には、富士の樹海に行き、崎田幸太郎を探すつもりだと、いっていました。もし、全員が、二十日に、富士の樹海に行くことが分かれば、私も、亀井刑事と二人で、一行に加わってみるつもりです」

「五人の中の、崎田幸太郎は、まだ、見つかっていないいんだな？」

三上本部長が、きく。

「まだ、見つかっておりません」

「これからの話だが、もし、崎田幸太郎が殺されているとなったら、金子修を、殺した犯人と、同一人物ということになるのかね？」

「もし、そうなら、おそらく、同一犯の仕業《しわざ》でしょう」

「これから、どういう捜査方針で、いくつもりだ？」

「五人の中の二人、中野新太郎と新藤晃子に、連絡を取ります。次に、この五人が、今までに、どんなことをしてきたのかを、調べたいと思っています。彼らが、今までにやってきたことが、周囲に迷惑をかけ、そのせいで、誰かに恨まれているとすれば、それが、犯行の動機になっているかもしれません。五人の評判を、徹底的に調べたいと考えています」

と、十津川は、いった。

刑事たちが、一斉に、聞き込みに、出かけていった。

その刑事たちが帰ってきて、十津川に報告する。そのたびに、黒板は、文字で埋まっていった。

金子修、五十二歳、死亡、神田にある出版社が出している雑誌の編集長。

崎田幸太郎、五十二歳、行方不明、サラリーマン。

寺西博、五十二歳、公立中学校の国語教師。

中野新太郎、五十二歳、ジャパントラベルという旅行会社の社員。

新藤晃子、四十二歳、短大卒業後、ＯＬをやっていたが、現在は、退職し、雑誌にエッセイを載せているエッセイスト。


五人がやっている日本ミステリーの会は、十年前に結成され、一年に二、三回、日本国内にある不思議な場所に、行ったり、不思議な現象を、カメラに収めたりしている。

今までに、このグループが行った場所は、ＵＦＯが、日本で、いちばんたくさん見られるという、能登半島の羽咋《はくい》市、秋吉台の地下にある鍾乳洞、沖縄・与那国島の沖合の海に、沈んでいるといわれている巨大な石の宮殿、十津川村の高さ六十メートルの吊り橋、北海道の流氷などで、一人ではなくて、五人全員か、あるいは、二人、三人で取材に行っているという。

「いつも、二人以上で、写真を撮り、取材をしているので、今回、崎田幸太郎が、たった一人で、青木ヶ原の樹海に出かけたのは、グループとしては、初めてのことだそうです」

北条《ほうじょう》早苗《さなえ》刑事が、十津川に、報告した。

五人のうち、男三人は、結婚していたが、崎田幸太郎は、二年ほど前に、妻と死別していて、現在は、独身である。

女性会員の新藤晃子は、現在、四十二歳。二十五歳の時に、結婚したが、その後離婚して、今は、独身である。

メンバーの一人、金子修が殺されたことについて、ほかの三人は、まったく心当たりがないという。

この日本ミステリーの会には、別に、これといった規約もないし、入会・脱会も自由なので、この会に入っているという理由で、金子修が殺されたとは、まったく考えられないと、三人は、口を揃えている。

十津川が知りたかったのは、来る二十日に、残りの三人で、青木ヶ原の樹海に、行方不明の崎田幸太郎を、探しに行くかどうかということだが、それについては、

「三人とも、行く気でいますね」

と、日下《くさか》が、報告した。

3

三月二十日は、前の晩まで、降っていた雨も上がって、青空が、顔を覗《のぞ》かせていた。

午前十時に、寺西博と、中野新太郎、それに、女性の新藤晃子の三人が、富士急行の大月駅に、集合した。

十津川と亀井は、邪魔になってはまずいので、少し離れて、行動することにした。

一行には、崎田幸太郎の娘、崎田めぐみも、加わっていた。

河口湖行きの「フジサン特急」が、三両編成で、大月駅を出発する。

四人は、一号車に乗った。十津川と亀井の二人は、遠慮して、二号車に乗った。

大月午前十時五十一分発、終点の河口湖に着くのは、十一時三十四分である。

「警部は、この旅行に、何を、期待されているんですか?」

亀井が、きいた。

「崎田幸太郎の娘が、参加しているから、できれば、向こうで、父親が、見つかればいいと思っている。カメさんは、どうなんだ?」

「私も、あの娘さんの父親が見つかればいいと、思ってはいますが」

と、いった後で、亀井は、語調を変えて、

「私は刑事です。それに、現在、殺人事件を捜査中ですから、犯人を逮捕するチャンスが生まれることを祈っています」

「この旅行中に、新しい殺人が起きるとは、私には、考えられないがね」

「五人のグループの一人が、犯人で、仲間の一人を誘拐し、もう一人を殺したとすれば、今日、三人目を殺す可能性も、考えられますから」

亀井は、頑固に、主張した。

ウィークデイなので、それほど、車内は混んでいないが、今日はすでに春半ば、そのうえ、朝から暖かいので、観光客らしいグループが、乗っていたり、若いカップルの姿も、見えている。

富士急ハイランドでは、若いカップルが、何組か、降りていった。

終点の河口湖には、定刻の十一時三十四分に到着した。

少し早めの昼食を、ここでとっておくつもりなのか、四人は、駅前のレストランに、入っていった。

十津川と亀井も、少し遅れて、レストランに入り、わざと、四人とは離れたテーブルに腰を下ろした。どうしても、彼らを観察する姿勢になってしまう。

食事が済むと、四人は、河口湖駅始発で、西湖、青木ヶ原を回る、レトロバスに乗り込んだ。

青木ヶ原の樹海の前で、四人は、バスを降りる。十津川たちも、降りた。

樹海の入口のところに、管理事務所があり、その前には、駐車場があって、観光バスが一台と、乗用車が五、六台、停まっていた。

管理事務所には、契約した三人のガイドが待っていて、一行を、会議室に案内した。

十津川と亀井も、その会議に、参加させてもらうことにした。

各自が、自己紹介をし合った後、松尾《まつお》というガイドが、そこにある樹海の模型や写真を、見せながら、

「昔は、青木ヶ原の樹海というのは、いかにも、危険な場所と思われ、一度中に入ったら、二度と出られないといわれていましたが、現在は、それほど、危険な場所ではありません。ただ、行方不明になった人を、探すのは、容易ではありません。今、問題の崎田幸太郎さんですが、前にもいいましたように、私たちガイドが、案内したことはありません。ですから、崎田さんが、樹海に、入ったとすれば、ガイドと一緒ではなく、一人で入っていったものと思われます。前に、警察の要請があったので、私たちガイドが、樹海に入り、崎田さんを探しましたが、見つかりませんでした。今回、三度目の捜索ということになるわけですが、その前に、ひとつだけ、確認しておきたいことがあります。それは、崎田幸太郎さんが、本当に青

木ヶ原の樹海に入っていってしまったのか、それとも、入っていないのか？　それが分かるのでしたら、どなたでも、結構ですから、いってくれませんか？」

その質問に対して、寺西博が、みんなを代表する形で、

「私たちは、崎田幸太郎さんを含めた五人で、日本ミステリーの会という、アマチュアの探検グループを、組織しておりまして、崎田さんが一人で、青木ヶ原の樹海を、調べに行きました。このことは、間違いないのです。崎田さんが、富士急行の『フジサン特急』に乗って、終点の河口湖で降りたことは、当日の『フジサン特急』の乗務員によって、確認されていますから。ただ、その後、彼が、どう行動したかは、分かりませんが、彼の性格から考えて、一人で、青木ヶ原の樹海に入っていっただろうと思われます。他の場所で、崎田さんが見られたという証言がないので、崎田さんを探す場所としては、青木ヶ原の樹海以外には、考えられないのです。それで、ガイドの皆さんの力をお借りしようと考えました。今日は、よろしくお願いします」

「もうひとつ、確認しますが、崎田幸太郎さんが、行方不明になってから、今日で何日になりますか？」

松尾が、きいた。

「父が行方不明になったのは、三月の六日ですから、今日で、二週間になります」

娘のめぐみが、いった。

「崎田さんは、三月六日に行方不明になりました。その時、崎田さんは、携帯電話を、持っていらっしゃったんですか？」

「父は、出かける時はいつも、携帯電話を必ず持って出ていました。ですから、今回も、持っていったはずです」

と、娘のめぐみが、答える。

「三月六日ですが、崎田さんは、皆さんのどなたかに、これから青木ヶ原の樹海に入ると、携帯を使って、電話してこなかったのでしょうか？」

「いや、僕には、電話はなかったなあ」

寺西が、いい、ほかの二人、中野新太郎と新藤晃子も、首を横に振った。

娘のめぐみも、

「私にも、あの日、父からは、電話はかかってきませんでした」

「今、崎田さんの携帯は、どうなっているんですか？」

「毎日かけているんですが、応答はありません」

めぐみが、いい、寺西が、うなずいた。

「分かりました。では、そろそろ出発しましょうか」

松尾が、いい、ガイド三人と、崎田の友人三人、それに、娘のめぐみ、そして、十津川と亀井の合計九人は、管理事務所の横から、樹海の遊歩道に入っていった。

遊歩道は、幅三メートルぐらいの、土の道である。

中に入ると、ヒンヤリしている。小鳥の声が、やたらに聞こえる。ここは野鳥のサンクチュアリでもあるのだろう。

「まるで、森林浴をしているようですね」

亀井が、十津川に、ささやいた。

遊歩道を歩いている限り、普通の雑木林の中を散歩している感じだった。

遊歩道のところどころには、案内板があって、危険な感じは、まったくなかった。

ただ、遊歩道を、少しでも離れた場所に目をやると、巨大な洞窟が、パックリと、口を開けたりしている。

青木ヶ原の樹海は、富士山が爆発して、溶岩が、流れ出した時、その溶岩が冷えて出来たもので、ところどころに、大きな洞窟を作ったのだという。

冷えた溶岩の上に、木々が芽を吹き、樹林を作った。溶岩の上の木だから、自然に、ほかの森に比べて、木の高さが低いから、上空から見ると、樹海の部分だけ陥没しているように見えるらしい。

一行は、ガイドに案内されて、巨大な洞窟のひとつに、入っていった。

中は、深くて暗い。

（もし、こうした洞窟のひとつに、崎田幸太郎が、入ってしまっていたら、簡単には見つからないだろう）

と、十津川は、思った。

遊歩道の端に来たところで、ガイドの松尾が、

「いよいよ、ここから、遊歩道を外れて、中に入っていきます。勝手な行動は、絶対に慎んでください」

と、一行に、いった。

全員が、自然に、緊張の表情になり、ガイドの後について、遊歩道から、樹海の中へと入っていった。

途端に、周囲の景色が変わった。

遊歩道は、きちんと、整えられていて、怪しげなものは、見つからないのだが、樹林に入っていくと、途端に、原生林の持つ不気味さが、一行をとらえた。

木の枝に、なぜか、古びたバッグがぶら下がっていたり、木の根元に靴が、片方だけ、転がっていたりするのだ。そうした靴や、バッグが、見つかるたびに、ガイドは、

「崎田幸太郎さんのものかどうか、確認してください」

と、一行に、いった。

友人と、めぐみが、確認するが、崎田幸太郎のものは、なかった。

しばらく行くと、今度は、薄汚れた背広が、苔の生えた溶岩の上に、放り出されていて、傍《かたわ》らに、缶ビールの空き缶が三個、転がっていた。

しかし、その背広も、崎田幸太郎のものではなかった。

「どうして、こんなものを放り出していくんでしょうかね？」

と、十津川が、ガイドの一人に、きいた。

「分かりませんが、もしかすると、夏の暑い日に樹林に入っていくと、この辺は湿気が強くて暑いので、背広を、投げ捨てて、さらに、奥に入っていったのかもしれませんね」

「缶ビールは、やはり自殺志願者が？」

「自殺したいと、樹海に入って行った人間でも、死は怖いんです。それで、よく酒かビールを飲んでから、奥へ入って行くんですよ」

と、ガイドが、いった。

十津川は、空き缶を持ち帰って、指紋を調べることにした。奥に進むにつれて、木々の密度が高くなり、次第に、周囲は、薄暗くなっていった。

「アッ」

と、一行の一人が、叫び、

「あれ、人の骨じゃありませんか？」

と、続けた。

なるほど、木の根元のところに、骨が光っている。

ガイドの一人が、笑って、

「あれは、動物の骨ですよ。人骨じゃありません。たぶん、迷い込んだ野良犬の骨でしょう」

小さな洞窟、ここでは風穴《ふうけつ》と呼ぶらしいが、ところどころに、その風穴が、口を開けていた。三人のガイドは、用意してきた懐中電灯を使って、入念に、風穴の中を調べていった。

しかし、依然として、崎田幸太郎は見つからないし、崎田幸太郎の所持品も、見つからなかった。

「父に、呼びかけていいですか？」

突然、めぐみが、ガイドに、きいた。

「そうですね、いいでしょう」

ガイドの一人が、うなずいてくれた。

めぐみは、手でメガホンを、作って、大声で、呼んだ。

「お父さ〜ん、どこにいるんですか？　お父さ〜ん」

だが、それに答える声は、どこからも、聞こえてこない。

その後、一行は、いったん、遊歩道に戻って、ひと休みすることになった。

三人のガイドは、樹海の地図を広げて、それを一行にも見せ、

「この区域を、現在、調べましたが、ひと休みした後は、反対側の区域を、調べてみることにしましょう」

と、いった。

ひと休みした後、松尾が、

「次は、この区域に、入ってみますよ」

こちらの区域にも、さまざまなものが落ちている。傘が落ちていたり、水筒が空で転がっていたり、時には、手帳が落ちていたりする。

雨で汚れた手帳には、厭世《えんせい》的な文字が並んでいた。

〈俺は、本当に、どうしようもない男だ。死ぬこともできないし、だからといって、生きる力もない。

どうしたらいいんだ?

こんな俺を、この深い樹海が優しく包み込んでくれるのか?〉

しかし、手帳の筆跡も、崎田幸太郎のものではなかった。

「この手帳の主は、いったい、どうなったのかしら? このまま、奥に入って行って、死んだんでしょうか?」

新藤晃子が、松尾に、きく。

「われわれとしては、死ぬのを諦めて、樹海を出ていった。そうあってほしいと、思いますけどね」

と、松尾が、いった。

さらに、奥に進んだが、手帳の主の死体は、見つからなかった。松尾がいうように、途中で死ぬのを諦めて、樹海を出ていったのだろうか?

疲れて、一行の足の運びが、遅くなってきた時、突然、めぐみが、

「アッ」

と、叫び、駆け出した。

そこにあったのは、携帯電話だった。

めぐみは、それを取り上げると、

「これ、父の携帯電話です!」

と、叫んだ。

「間違いないの?」

「ええ、間違いありません。父の携帯電話です!」

また、めぐみが、叫んだ。

「本当に、間違いないんですか?」

十津川も、きいた。

めぐみは、携帯電話の裏を返して、

「ここに、番号が、張りつけてあります。この番号、父の携帯のナンバーです」

めぐみは、今にも泣き出しそうな声だった。

もちろん、電池は、すでに切れていて、何の反応もない。どこを押しても、何も出てこないのだ。

「全員で、この周辺を、徹底的に探してみましょう」

ガイドの松尾が、いった。

ガイド三人を含めて、全員で九人。それを三つのグループに分けて、携帯のあった周辺を、探してみることになった。

風穴があれば、そこに誤って、落ちたのではないかと考え、懐中電灯を使って、入念に、その風穴の中を調べた。

しかし、見つからない。

結局、携帯電話以外、崎田幸太郎に、繋がるようなものは、何も、発見できなかった。

一行は疲れ切って、いったん、管理事務所に戻った。そこで、コーヒーを頼んだ。喉も渇いていた。

テーブルの上には、めぐみが見つけた、崎田幸太郎の携帯電話が置かれた。そのカバーには、下がり藤の家紋が、大きく、描かれていた。

「これが、ウチの家紋なんです」

と、めぐみが、いった。

それで、すぐ、父の携帯だと、分かったのだということ。

充電しようとしたが、うまくいかない。どうやら、壊れているようだ。

崎田本人が落としたとき、その衝撃で、携帯が、壊れてしまったのかもしれない。

管理事務所には、泊まるための設備がないので、一行は、いったん、バスで、河口湖まで戻り、湖岸のホテル[illegible]して、明日、もう一度、ガイド[illegible]んで、樹林を調べ[illegible]にした。

[illegible]済ませる[illegible]津川と亀井は、自分たちの部屋に引き上げた。

部屋に用意されているインスタントコーヒーを淹《い》れ、それを飲みながら、今日のことを話し合った。

「今日、樹林の中で見つかった、崎田幸太郎の携帯ですが」

と、亀井が、いった。

「あそこに落ちていたということには、二つの理由が考えられますね。ひとつは、崎田本人が、あそこまで、樹林に入っていって、携帯を落としたということですね。もうひとつは、誰かが、別の場所で、携帯を奪って、あそこに、放り投げておいたということ。この二つですが、警部は、どう思われますか？」

「私は、本人が落としたという説だな」

「どうしてですか？」

「そのほうが、自然だからだよ。もし、あの携帯を、誰かが、崎田から、奪ったとしよう。何のために奪ったのか？　何のために、あの場所に捨てたのかが、分からん」

「そうですね」

「あの携帯に、自分にとって、都合の悪いこと、たとえば、崎田との会話が録音されていたといった理由で、犯人が、崎田から奪ったとする。それなら、わざわざ、この樹海の中に、捨てる理由が分からない。携帯を盗んで、すぐに焼却するか、海に棄ててしまえばいいんだからね。ほかの理由で奪ったとしても、奪ったものを、樹海に捨てる理由が、分からない。そう考えると、やはり、崎田本人が、樹海に入って行ったとき、あそこに自分の携帯を、落としたか、捨てたと考えるほうが、正しいと、思うがね」

「今日の捜索では、崎田幸太郎は、見つかりませんでしたね」

「もっと深い、奥に行ってしまったのかもしれないし、急に怖くなって、樹海から、逃げ出したのかもしれない。携帯をどこに落としたのか、分からないし、樹海に戻って探すのも大変なので、探すのを諦めてしまったのかもしれないな」

4

翌日は、朝から、どんよりと、曇っていた。それでも一行は、新しく四人のガイドと契約して、樹海に、入って行った。

昨日、崎田の携帯電話が見つかった周辺を、もう一度、徹底的に調べることから、始めた。

しかし、何も、見つからなかった。

ひと休みしてから、今度は、まだ調べていない区域を、調べることになった。

雨こそ降っていないが、どんよりと曇っているので、樹海の中は、昨日より、さらに薄暗い。

その薄暗さの中で、なぜか、人間の腕の骨が見つかった。

ギョッとしている一行に対して、十津川は、

「これは、間違いなく人骨ですが、崎田幸太郎さんのものでは、ありませんよ。崎田さんが失踪して、まだ、二週間と一日、十五日しか経っていませんからね。こんなに、白骨化することはありません」

と、説明した。

しかし、依然として、ほかには何も見つからないまま、終わりだった。

一行は疲れ切り、管理事務所に戻った。

めぐみは、

「明日も、樹海を調べたい」

と、いった。

しかし、ガイドの一人が、

「天気予報によると、明日は、雨になりそうですから、今日以上のことは、期待できませんよ。崎田幸太郎さんの携帯電話が、落ちていたということは、崎田さん本人が、落としたものと、私たちは、考えます。それで、二日間にわたって、周辺を徹底的に調べたのですが、何も見つかりませんでした。そうなると、崎田幸太郎さんは、われわれが、見つけられないようなところに、落ちてしまっているか、すでに樹海を出てしまって、どこか、別のところにいるのだと、考えざるを得ませんね」

それでも、めぐみと、友人三人は、もう一度、樹海を、調べてみたいといい、河口湖のホテルに、もう一泊した。

十津川も、彼らにつき合ったのだが、翌日は、ガイドがいったように、朝から雨になった。雨足は時間が経つにつれ、どんどん、強くなっていく。

その雨足を見ながら、友人の一人、寺西が、いった。

「いったん、帰りましょう。もちろんここに、ずっと留《とど》まって、毎日でも、ガイドさんを頼んで、樹海を、調べたいと思いますが、これだけ、一生懸命に調べても、何の手掛かりも得られないところを見ると、崎田さんは、樹海には、来たかもしれないが、今はもう、樹海の外にいる。そんなふうにしか、思えません」

「それなら、どうして、われわれに、連絡してこないんだ？　いや、どうして、娘さんに、電話をかけてこないんだ？」

中野新太郎が、抗議する。

「私は、寺西さんの意見に、賛成よ」

今度は、新藤晃子が、いった。

「賛成というのは、いったい、どういうことですか？」

中野は、彼女にも、文句を、いった。

「ここに、娘さんがいるので、ちょっと、いいにくいんだけど、崎田さんは、私たちにいえないような理由があって、姿を隠したんじゃないかと思うの。彼の性格や、頭の良さを考えると、一人で樹海を調べに入って、迷って、出られなくなってしまったとは、ちょっと考えにくいわ。崎田さんは、そんなヘマを、やるような人じゃないもの。だから、何か事情があって、私たち、それに、娘さんの前から、姿を隠していると思うの。そのうちに、必ず連絡してくるわ」

新藤晃子が、いった。

「私も、今の意見に、賛成ですね」

と、十津川が、いった。

「私も、崎田幸太郎さんは、樹海の中には、いないと、思いますよ」

寺西が、質問口調で、いった。

「十津川さんが、そう考える理由は、何ですか？」

「崎田幸太郎さんという人は、真面目で、頭も、切れる人なんでしょう？　そういう人ならば、本気で青木ヶ原の樹海を調べに行くときは、皆さんに連絡してから行くんじゃありませんか？　それに、一人で勝手に、樹海に入っていくような人だとは、皆さんの言葉を聞いていても、私には、どうしても、思えないんですよ。ガイドさんを頼んで、一緒に、樹海に入っていったと思いますよ。そうしなかったのは、樹海を調べに行く気が、なかったとしか、考えられないのです」

「でも、樹海の奥に、父の携帯電話が、ありましたけど」

と、めぐみが、いう。

「繰り返しますが、崎田幸太郎さんは、何かの事情があって、一時的に、姿を隠したかったのではないでしょうか？　友だちの前からも、娘さんの前からもです。勝手に姿を消したのでは、探し回られてしまう。それが嫌で、あの樹海の中に入っていって、そのまま、姿を消してしまったように、皆さんに、思わせておいたのではないか？　あの辺りまで行って、自分の携帯を壊して、そこに捨てて、そして、樹海を出て、どこかに、姿を消してしまった。どうしても、そう考えてしまうのです。ですから、問題が解決したら、崎田さんは、皆さんの前に、戻ってくるんじゃありませんか？」

5

ガイドたちの忠告もあって、しばらく様子を見るという結論になり、友人三人と、娘のめぐみは、東京に帰ることになった。

一行は、大月駅に出て、そこから、中央線で、東京に戻った。

十津川と亀井の二人は、わざと、一列車遅らせて、中央線に乗った。

東京に向かう列車の中で、

「これからどうすべきかが、ちょっと問題ですね」

と、亀井が、いった。

崎田幸太郎には、捜索願が出ている。しかし、まだ殺されたわけでも、誘拐や、監禁をされているわけでもない。ただ、その行方が、分からないだけなのだ。

このままでは、崎田幸太郎の捜索に、全力を尽くすことはできない。

今、十津川たちにできるのは、崎田の友人、金子修を殺した犯人を、見つけ出すことである。

金子の友人ということで、崎田幸太郎を調べることはできても、それ以上のことはできない。

「金子修が、殺されたことと、崎田幸太郎が、三月六日から、行方不明になっていることに、関連があると、警部は、思われますか？」

「私は、関係があると思っているが、あくまでも、われわれの捜査は、殺人事件の捜査だからね。崎田幸太郎の行方を捜索することでは、これ以上、何もできない」

と、十津川が、いった。

「そうなると、二日間にわたって、崎田幸太郎を探したことは、殺人事件の解決には、あまり役に立ちそうにありませんね」

「そうだな。私は、それよりも、女性を見つけ出したいんだ」

「女性ですか？」

「そうだ」

「ああ、分かりました。崎田幸太郎と一緒に、『フジサン特急』で、河口湖駅に行ったという、女性ですね？」

「そうだよ。なんとかして、その女性を見つけ出せれば、崎田幸太郎が、今、どこにいるのか、分かるかもしれないし、金子修を殺した犯人のことも、分かるかもしれない。それを期待しているんだが、彼女が、どこの誰なのかも分かっていないし、どこを探していいのかも、分からない」


そのうえ、女の似顔絵を、あの三人とめぐみに見せても、会ったことがないと、いっている。

東京の捜査本部に戻った十津川は、金子修、崎田幸太郎、寺西博、中野新太郎、新藤晃子、この五人がやっていた「日本ミステリーの会」の活動内容を調べてみた。

五人は、自分たちがやったことを、文章と写真に、残していた。それを、寺西博から借りてきて、目を通すことにした。

主な研究というか、調査は、五つあって、文章と、写真にまとめられていた。

最初は、ＵＦＯを見に、能登半島の羽咋に行った時である。

アルバムになっていた。文章と写真で、まとめられている。

これから、十津川は、見ていくことにした。

日本で、いちばんＵＦＯが出現するといわれる能登半島の羽咋という町のことが、書いてある。

「私たち五人は、ＵＦＯを見るべく、この町に出かけていった。

町には、ＵＦＯの、記念館のようなものがあって、そこには、今までに羽咋の町で目撃されたという、ＵＦＯ写真が、パネルになって、飾ってあった。

この記念館には、出現したＵＦＯを観察するための、大型の天体望遠鏡が、用意され、いつでも、空に向かって動くようになっていた」

まず五人で、この町の、記念館の責任者と、実際に、ＵＦＯを目撃したという何人かにインタビューをし、五人は一週間、この町に、泊まり込んで、なんとかして、自分たちで、ＵＦＯを目撃しようとした。

その苦労話が、多少のユーモアも交えて、書き連ねてあり、一週間の最後の日に、やっと、町の上空で、ＵＦＯを発見した時の喜びが、語られていて、もちろん、ＵＦＯの写真も、載っていた。

ＵＦＯに、関心がないか、ＵＦＯの存在を信じない人たちにとっては、ただの、怪しげな丸い光でしかない。それが、五枚の写真で、感動を持って、説明されている。

ほかに、ＵＦＯの歴史や、ＵＦＯに、まつわる世界中の動きなどが、克明に書き込まれていた。

6

二冊目のアルバムは、秋吉台だった。

大きな鍾乳洞のある秋吉台。その秋吉台が、どうして出来たのか？　あるいは、どんな、鍾乳洞があるのか？

ここも五人で行き、文章と写真で、克明に、探検記のようなものに、仕上げられていた。

十津川は、そのあと、亀井や西本《にしもと》たちと、話し合った。

亀井が、いった。

「私は、彼らが、北海道の知床《しれとこ》に行って、感想や、写真をまとめたアルバムを読みました。それで、まず感じたのは、中年男四人と、中年の女一人が、よく、まあ、こんなに、楽しそうに、やっているものだということですね。うらやましいですよ。とにかく、五人とも、楽しそうですから」

「それに、目を通して、会員の一人、金子修が殺されたり、崎田幸太郎が、失踪したりするような理由が、分かったと思うかね？」

十津川が、きくと、

「私が、この知床探検記に目を通した限りでは、緊迫した空気は、まったく感じられませんでした」

と、西本が、いった。

「私は、UFOの件と、秋吉台の調査の二つを読んだのだが、亀井刑事に、同感で、会員の中から、殺されたり、失踪したりする人間が、現れるような予感は、まったく感じなかったんだ。君たち二人は、どうだ？」

十津川は、三田村《みたむら》と、北条早苗の二人に、目をやった。

二人は、沖縄の与那国の沖合の海に、沈んでいるといわれる、古代の遺跡を見に行ったダイビングのアルバムと、奈良県十津川村にある、世界一だった吊り橋、現在は世界二位になってしまったが、その吊り橋を見に行った時の感想と写真をまとめたアルバムに、目を通していた。

「私たちの感想も、まったく、同じですね。与那国のことが、いかにも楽しそうに書いてありますし、笑顔の写真も載っています。彼らの仲間が、一人は、殺されて、一人が、行方不明になったりするような、予兆のようなものは、まったく、感じませんでした」

三田村が、いった。

7

北条早苗刑事が、いった。

「私も、同じように、五冊のノートというか、アルバムに、目を通してみたんですが、殺人や行方不明を予感させるようなものは、何もありませんでした。ただ、気になったのは、北海道の知床に行ったときのアルバムです。文章も写真も、面白く読みましたが、アルバムのページが一枚、抜けていることです」

「ページは、全部、ちゃんとしているよ。抜けているところはない」

十津川が、いった。

「五冊とも、市販の同じアルバムを使っています。それに文章を載せ、写真を貼って、後から、ナンバリングで、ページを打っているんです。知床のアルバムにも、確かに、ページに、抜けたところはありません。念のため、他の四冊のアルバムと、ページの数を比べてみたんですよ。すると、知床のアルバムだけが、一枚、足りないのです。ですから、知床の分は、一枚だけ、切り取ってしまっていると思われます」

と、早苗が、いった。

そこで、十津川は、五冊のアルバムの枚数を数えると、知床のものが、確かに、一枚少なかった。

「警部、私にも、ひとつ、気になったことがあります」

片山《かたやま》刑事が、いった。

「どういうことだ？」

十津川が、きく。

「今、北条刑事の指摘があって、知床のアルバムが、一枚少ないことが確認されましたが、五冊のアルバムは、一冊ずつ、責任編集者の名前が、違っています。問題の北海道の知床のアルバムですが、責任編集者が、金子修に、なっているんです。殺された、金子修です」

と、片山が、いった。

十津川は、慌てて、そのアルバムの、最後のページに、目をやった。「編集・日本ミステリーの会」とあり、その下に、小さく、「責任編集・金子修」とあった。

「偶然じゃないのか？」

亀井が、いった。

「偶然かもしれません。ただ、北海道の知床のアルバムは、金子修が責任編集者になっていますから、アルバムの一枚を切り取ったのも、金子修だと思うのです。そのことと、彼が、殺されたことに、何か、関係があるんじゃないでしょうか？」

片山が、いう。

十津川は、五人のグループの残りの三人、寺西博、中野新太郎、新藤晃子に電話をかけ、北海道の知床のアルバムについて、質問した。

ページが、一枚なくなっているが、そこには、どんな記事と写真が、載っていたのか？

また、アルバムの責任編集者の金子修は、何か、いっていなかったか？

この二つの質問である。

ところが、三人とも、異口同音に、

「ページが、切り取られているなんて、まったく気がつきませんでした。今、初めて知りました」

と、答えるのである。

「責任編集者というのは、具体的に何をやるんですか？」

「責任編集者が、どの写真を選んで、アルバムに、載せるかを決めますし、説明文も書きます」

「写真は、皆さん全員で、撮ったものでしょう。その中から、どの写真をアルバムに載せるか、それは、責任編集者、この場合は、金子修さんが、決めた。あるいは、説明文も金子さんが書いた。そのことで、何か不満があったということは、なかったのですか？」

十津川が、きいた。

「そういう不満は、何も、ありませんよ。われわれ五人は、日本ミステリーの会を、発足させた時に、決めたんですよ。どこかに、取材に行った時、アルバムを作る段階で、自分たちの撮った写真の、どれを選択するかは、その時の、責任編集者の権限で、決定する。それについては、絶対に文句はいわないこと。これを取り決めていました。説明文についても、同じです。今までのところ、誰も不満はなかったですよ」

と、一人が、いい、ほかの二人も、同調した。

(まるで、模範解答だな)

十津川は、胸の中で、舌打ちをした。

(誰かが、嘘をついている。いや、もしかすると、三人全員が、嘘を、ついているのかもしれない)

第三章　内部崩壊

1

十津川は、日本ミステリーの会について、ということは、会員の五人の人間について、もう一度、調べ直すことを決めた。

日本ミステリーの会は、現在、五人で構成されている。男四人、女一人である。

日本全国に、点在している不思議な場所、あるいは、人々の関心がある場所や、事件の起きた現場に行き、写真を撮り、人に話を聞き、説明と、解説記事を書く。あくまでも、五人の立場は、自由で、平等な、いわゆる趣味の会だという。

政治的でもないし、出入りも、一切自由である。一見すると、犯罪にはまったく関係のない、平和な会のように見える。

しかし、現在、五人のうちの一人が、殺され、一人が、行方不明になっていることを考えると、ただたんに、無害な、趣味の会とも思えなくなる。

もちろん、最初は、趣味の会として始まり、楽しい集まりだったのだろう。

しかし、ここに来て、それが崩れてしまっているのは、なぜだろうか？

この会の中で、いったい、何が、起きているのか？

（それならば、この日本ミステリーの会に参加し

ている、四人の男と一人の女について、徹底的に、調べてみる必要があるだろう）

十津川の結論は、そこに至ってしまう。

十津川は、亀井と相談し、今回は、日本ミステリーの会の残りの三人を、一人ずつ、捜査本部に呼んで、話をきくことにした。

こちらから出向かずに、三人を一人ずつ呼びつけることにしたのは、そのほうが、正直な話を聞けるだろうと、思ったこともあるが、もし、呼び出しを、拒否して、逃げる素振りを見せれば、それは、今回の事件に、なんらかの関係があると見ていいと、考えたからである。

最初に、呼んだのは、公立中学校で国語教師をやっている、寺西博だった。

2

寺西は、三十歳の時に、教師になり、それから二十二年間、教師生活を送っている。妻の冬子《ふゆこ》も、小学校の教師で、二人の間に生まれた娘は、すでに、結婚して、現在は千葉県に住んでいるという。

寺西は、小柄で、度の強いメガネをかけていた。いかにも教師といった雰囲気の中年男だった。

なんとなく、落ち着きがないように見えるのは、いきなり捜査本部に呼ばれて、二人の刑事から、質問されるからだろう。

十津川は、まず、寺西にコーヒーを勧めてから、

「今回の事件、金子修さんが、殺されたことと、崎田幸太郎さんが、行方不明になっていること、この二つの事件を、解決するためには、どうして

も、日本ミステリーの会の皆さんの協力が、必要なのです。それで、お忙しいところを、今日、来ていただきました。ぜひ、警察に、力を貸していただきたい」

と、あくまでも相手を刺激しないように、柔らかく切り出した。

「寺西さんたちがやっている、日本ミステリーの会ですが、今から、十年前に結成されたそうですが、本当ですか?」

「本当ですよ」

「寺西さんは、最初から、会員だったのですか?」

「そうです」

「この会は、入るのも自由、辞めるのも自由で、拘束は、一切しないということになっていますが、今までの十年間に、会を辞めたり、新しく入ってきたりした人は、いないのですか?」

「いや、男四人は全員、会の発足当時からのメンバーですよ。途中で、新しく入ってきたのは、女性会員の新藤晃子さんだけです」

「男性は、全員、今年で五十二歳になられますね? どうして、全員が五十二歳なんでしょうか? 私は最初、皆さん方は、学校時代の同窓生ではないか、と思ったのですが、どうやら違うみたいですね。同じ町の生まれでもありません。それなのに、どうして、男性は、五十二歳の人間ばかりが、集まったのですか?」

十津川が、きくと、

「そのことは、よく聞かれます」

と、寺西は、笑った。

「亡くなった金子さんが、編集長をやっていた月刊誌があるのです」

「知っています。日本マンスリーという雑誌ですね？」

「そうです。十年前、その雑誌で、当時も編集長だった金子さんが、読者に対する呼びかけを、したんですよ。今でも、よく覚えていますが、これからの雑誌は、アマチュアが、自分が面白いと感じたことを、アマチュアの目で調べ、アマチュアの目で構成し、それを記事にして載せる。これからは、そういう時代だから、読者の中から、協力者を募りたいと、金子さんが、いったんです。その時、うちの読者層は、三十代から五十代だから、中年の読者を求める。いい企画が生まれて、いい記事が書けて、いい写真が撮れたら、それを、うちが買い取り、本にする。それが、十年前ですから、金子さんが四十二歳。だから、四十二歳の読者を募集したんですよ。私も、当時は、四十二歳でしたので、これは、なかなか面白い企画だなと思って、応募したんです。旅行も楽しめるし、うまく行けば、自分たちの作った記事が、本になって、印税ももらえるじゃありませんか？　面接もありましてね。編集長の金子さんも含めて、五人の男性で、日本ミステリーの会が、結成されたのです」

「男だけの五人の会ですか？」

「最初は、そうでした」

「どうして、女性が入らなかったのですか？」

「はっきりとは、分かりませんが、日本マンスリーという雑誌自体が、女性向けの雑誌ではなくて、男性向けだったからじゃありませんか？　今は、女性の読者も、増えたみたいですけどね」

「では、その時、金子さん、寺西さん、中野さん、崎田さん、その四人に、ほかの男の人が加わって、全部で五人が会員だったわけですか？」

「そうです。最初に参加したのは、われわれ四人のほかにもう一人、たしか、熊田始《くまだはじめ》さんという名前のサラリーマンでしたね。もちろん、私たちと同じように、四十二歳でした。その熊田さんは、すぐに、病気で亡くなってしまいましてね。しばらくは、四人でやっていこうということに、なっていたんですが、途中から、金子さんが、これからは、女性の考えも入れる必要があると、いいましてね。新藤晃子さんを、紹介されたんですよ。全員、別に異論はありませんでしたから、彼女が、加わることになって、それからは、今と同じ男四人、女一人の構成で、ずっとやってきたんです」

「四人の男性は、最初から今まで、変わらなかったわけですね？　女性の新藤晃子さんも、途中から入ってきて、ずっと、現在まで、会員として在籍している。皆さんが、会を辞めない理由は、何ですか？」

「理由は、二つありますね。ひとつは、この会そのものが、楽しいからでしょうね。なにしろ、知床探検に、行ったりとか、沖縄の海、それも、いちばん西の、与那国の海で潜ったりとか、あるいは、UFOが、果たして、本当に存在するのかということで、UFOが、日本でいちばん現れているという能登の羽咋市に出かけたりとか、とにかく、楽しいんですよ。もうひとつは、私たちが調べて、まとめたことが本になれば、印税が入ってきますからね。それも嬉しいんですよ。そんなことで、誰も辞めずに、ずっと会員でいるんじゃありませんかね」

「しかし、いつも五人が、全員で旅行しているわけではないようですね？　三人で行ったり、二人で行ったりしたことも、あったようですが？」

「当たり前じゃありませんか。金子さんは、雑誌の編集長で、新藤さんはエッセイストだから、時間が自由になるかもしれませんが、ほかの三人は、全員サラリーマンですよ。一緒に行きたいと思っても、仕事の関係で、行けないこともありますよ」

「その時の探検が本になって、印税が入る時は、どうなるんですか？　探検に行った人だけが、印税をもらって、行かなかった人は、もらえないんですか？」

「そんなことはありませんよ。金子さんの考えで、日本ミステリーの会として、本を出しているのだから、行かなかった人にも、平等に、印税を支払うことにする。そう、いわれましてね、全員が賛成したんです」

「会員の皆さんですが、人間の集まりですから、活動をしていく上で、いろいろと、好き嫌いが起きたり、意見が、分かれたりして、喧嘩したり、衝突するようなこともあったんじゃありませんか？」

亀井が、きくと、それにつけ加えるような形で、

「この十年の間に、何か、そうした、いい争いがあったり、会を辞めたいと、いい出した人が現れて、困ったことがあったりしたんじゃありませんか？」

と、十津川も、きいた。

「たしかに、皆さん、強い個性を持った人たちですから、ときには、意見が合わなくて、喧嘩になってしまったことも、正直いって、何度か、ありましたよ。でも、なんだかんだといいながらも、こうやって、十年間も一緒に、やってきたんです

から、やはり、みんな、日本ミステリーの会が、好きだったんじゃありませんかね？　そう思っています」

「それなのに、ここに来て、突然、会のリーダー的な存在の、金子修さんが、殺されたり、崎田幸太郎さんが、行方不明になってしまった。どうしてだと、思いますか？　何か、思い当たることがありますか？」

亀井が、きいた。

「その辺のことは、まったく分かりません」

寺西は、首を、横に振った。

「三月六日に、崎田幸太郎さんが一人で、青木ヶ原の樹海の謎を、調べに行き、行方不明になっています。今まで、五人全員で日本全国の謎や事件を調べに行けない時は、二人とか、あるいは、三人とかで行ったこともあると、お聞きしましたが、今回の崎田さんのように、たった一人で、青木ヶ原の樹海を調べに行くようなことは、これまでにも、あったんですか？」

十津川が、きいた。

「いや、私が、記憶している限りでは、一人だけで、調査に行ったことは、一度もありませんね。おそらく、今回が、初めてだと思いますよ。各地の謎を調べに、地方に出かけたり、事件の現場を調べる時には、原則として、五人全員で、行くことになっていました。どうしても、各人のスケジュールが合わなくて、全員が揃わないときに、二人とか三人で行くことになるのは、仕方ありませんが、それでも一人で、行ったことは、今まで、一度もありませんでしたよ」

「どうして、今回だけ、崎田さんは、誰も誘わずに、一人で、出かけたんでしょうか？」

「私には、なんともいえませんが、あえて想像すると、去年、知床に探検に行った後、会として、次にどこへ行くか、まだ、決めていなかったんです。今年は、最初に、どこに行くかと話し合ったところ、候補として、青木ヶ原の樹海の名前があがりました。しかし、まだ、正式に決めてはいませんでした。ただ、青木ヶ原の樹海を調査してみたいといっていたのは、崎田さんですから、彼は、一人で調べに行って、その謎や、面白さを見つけ、次の打ち合わせの時に、みんなに話そうと思っていたのかもしれませんね。今のところ、それくらいしか、考えつきません」

十津川は、崎田幸太郎と一緒に、富士急行の「フジサン特急」に乗っていた、二十代の若い女の似顔絵を、寺西に見せて、

「この似顔絵は、以前にも、見ていただいたと思いますが、行方不明になっている崎田幸太郎さんに同行していたと、思われる女性なんです。この顔に、見覚えがありませんか？　前に崎田さんと一緒のところを見たとか」

しかし、寺西は、似顔絵を、チラッと見て、

「この女性には、今まで会ったことはありません。まったく知らない顔です」

「崎田幸太郎さんのことは、どう思っていらっしゃいますか？」

「どう思うかというのは、刑事さんは、どういう意味で、聞いているんですか？　もっと具体的に、聞いてもらわないと、こちらも答えのしようがありませんが」

「では、質問を、変えましょう。崎田さんは、奥さんを亡くして、いわゆる、ヤモメですね。それに、まだ、五十二歳と若い。この似顔絵のような

女性がいたとしても、決しておかしくはないと、思うのですが、そうは、思いませんか？」

十津川が、きくと、寺西は、いっそう、当惑の表情になって、

「そう聞かれても、私には、崎田さんの私生活は分かりませんから、何も、申し上げられませんよ」

3

二番目に、捜査本部に、呼んだのは、旅行会社ジャパントラベルの社員、中野新太郎だった。

十津川は、中野に対しても、まず、コーヒーを勧めて、彼の気持ちを、落ち着かせてから、質問に入った。

「寺西さんにお聞きしたのですが、中野さんも、十年前、四十二歳の時に、日本マンスリーの編集長だった金子修さんの呼びかけに応じて、日本ミステリーの会に、加わったそうですね？」

「ええ、そうです」

「それから、十年間、ずっと、会員を辞めなかったんですね？」

「ええ、十年間、一度も辞めていません」

「辞めようと思ったことは、一度も、ないんですか？」

「寺西さんは、どう答えているんですか？」

と、中野が、きく。

「いや、中野さん、あなたの意見を、ききたいのですよ」

十津川は、寺西のいったことは、口にしなかった。

中野は、

「そうですね」

と、ちょっと、間を置いてから、

「一口でいえば、楽しかったから、辞めなかったんじゃありませんかね」

「どんなふうに、楽しかったんですか？」

「なにしろ、北海道から、沖縄まで、日本全国の面白いところや、不思議なところに、行きましたからね。一人だと面倒くさくて、なかなか行かないようなところ、あるいは、行きたくても行けないようなところにも、グループだと、行けてしまうんですよ。それに、私は、ジャパントラベルという旅行会社に勤めているので、日本ミステリーの会で、知床に行こうということになれば、その切符の手配や、旅館の予約などを、頼まれますからね。私の仕事にも、プラスになっているんです。そのこともあって、十年間、辞めなかったのかもしれませんね」

「なるほど、中野さんにとって、公私ともにプラスだったから、ということになりますか？」

「まあ、そういうことに、なりますね」

「日本ミステリーの会は、十年前に、日本マンスリーという雑誌の編集長だった、金子修さんの音頭で、四十二歳の男が集まって、発足したと聞きました。以後十年間、ずっと、金子さんがリーダーとして仕切った会ということになりますが、金子さんに対して、何か、不満はありませんでしたか？」

と、亀井が、きいた。

「いや、別に、不満は、なかったし、今ももちろん、ありませんよ。金子さんはプロだから、いろいろと、教えてもらいました」

「具体的にいうと、どんなことを、教えてもらったのですか？」

「能登半島に、羽咋という町があって、そこは、日本でいちばん多く、UFOが目撃されている町なんですが、そこに、UFOのことを調べに行ったことがあるんです。そのとき、どんな調査の仕方が、いちばん効果的かとか、誰に会ったら、いちばん参考になる話が、聞けるかとか、そういうことは全部、金子さんに、アドバイスしてもらいましてね。とても、参考になりましたよ」

「皆さんが調べたことが、面白いと、金子さんが勤めている出版社で、本になって、皆さんに、印税が払われたそうですね？」

「そうです。私も、何回か、印税をいただきました。印税なんて、普通は、なかなかもらえないじゃありませんか。嬉しかったですよ」

「本が、ベストセラーになったことが、ありますか？」

「何十万部という、ベストセラーとはいきませんでしたが、一冊だけですけど、そこそこ売れた本がありましてね。いつもより、たくさん印税をもらいました」

「五人分だと、五分の一の印税ということになりますね？」

「それは、そうですが、それが、何か？」

「そうなると、いちばん儲かったのは、出版社ということになりますが、そのことで、会員の皆さんから、不満とか文句は、出ませんでしたか？」

「どうしてですか？　不満なんて、出るわけがないでしょう。本を作るのは出版社ですし、宣伝だって、出版社がやるんですよ。印税分として、一人がもらうのが、定価の一割の、またその五分の一だとしても、不満なんて、ありませんよ。印税がもらえると、それだけでも嬉しかったんですよ。だから、十年間、一度も、日本ミステリーの会を、辞めようとは思いませんでしたね」

中野が、いった。

「五人の会員が、十年間も、一緒に行動していれば、時には喧嘩があったり、諍《いさか》いがあったりして、いろいろなことが、燻《くすぶ》っていて、アイツには、早く辞めてもらいたいとか、アイツが、辞めないのならば、俺のほうが、辞めてやるというようなことも、一度や二度は、あったんじゃありませんか？」

十津川が、きくと、なぜか、中野は顔色を変えて、

「寺西さんが、そんなことを、いったんですか？」

十津川は、寺西がいったとはいわず、

「いや、あるところで、そういう、噂をきいたことがあるんですよ。それで今、中野さんに、お聞きしたのですが、やはり、何か、葛藤か、確執が、会員の中に、あったんですね？」

今度は、中野が、黙ってしまった。

そんな中野に向かって、十津川が、

「会員は、四人が男性で、一人だけ、新藤晃子という女性が、参加していますね？　新藤晃子さんは、二年前に、離婚して、現在は、独身だそうですが、そのことは、知っていらっしゃいましたか？」

「ええ、いつだったかは、忘れましたが、本人から、直接きいたことがあります。別に、僕は、彼女に、関心があるというわけじゃありませんよ」

中野は、自分のほうから、そんなことをいった。

「新藤晃子さんは、現在四十二歳ですが、五人全

員で、旅行する時、男性の中に女性が一人入っているることで、妙なことになったことはありませんか？」

今度は、亀井が、きいた。

「妙なことなんか、あるはずがないじゃありませんか。みんな、趣味に生きている人間ですよ。一行の中に女性が一人加わっていたとしても、別に、何もありませんよ。彼女だって、サッパリした気性だし、男性に対してベタベタするような女性ではありませんからね。刑事さんが、変に想像するようなことなんか、絶対に、起こるわけがありません」

と、中野が、主張した。

その中野にも、十津川は、例の女性の、似顔絵を見せた。

「この人は、現在、行方不明になっている崎田幸太郎さんと一緒に、富士急行の『フジサン特急』に乗っていたと思われる女性です。この女性が、崎田さんと一緒にいるところを、中野さんは、前に、見たことはありませんか？」

十津川が、きくと、中野は、

「いや、会ったことも、見たこともありません。初めて見る顔ですね」

「そうですか。以前に、会ったことがありませんか？　去年、知床に行ったとき、崎田さんを、空港まで送ってきたとか、あるいは、別の場所でもいいのですが、崎田さんに、紹介されたことがあるとか、そういうことは、ありませんか？」

十津川が、きくと、中野は、また、

「寺西さんが、そんなことを、いったんですか？」

「いや、寺西さんは、何もいっていませんよ」

十津川は、中野新太郎の答えに、不自然なものを感じていた。

4

最後に、新藤晃子に、来てもらった。あらためて会うと、四十二歳という年齢よりは、若く見える女性だった。

前の二人と同じように、まず、十津川がコーヒーを勧めたが、晃子は、すぐには、口をつけようとせず、面白そうに、部屋を見回している。

十津川は、苦笑して、

「ここが、面白いですか？」

「なにしろ、捜査本部に来たのは、初めての経験なんですよ。普通の人では、なかなか来られる場所じゃありませんものね。だから、これが、捜査本部というところなのかと思って、ついつい見回してしまいました」

と、晃子が、笑った。

その後で、晃子は、ゆっくりとコーヒーを飲んでいる。

「今、われわれは、金子修さんが殺された殺人事件を捜査中なのです。それで、新藤さんにお伺いしたいのですが、金子修さんが、石神井公園で殺されたと聞いて、どう思われましたか？」

「とにかく、ビックリしてしまって、信じられませんでした」

「金子さんを含めて、五人で、日本ミステリーの会を作って、もう、十年、日本中を旅行したり、さまざまな謎を、調べたりしていらっしゃいますが、会員の中に、犯人がいるとは、思いませんでしたか？」

亀井が、きくと、晃子は、眼を丸くして、

「エッ」

と、小さく一言いった後で、

「そんなこと、絶対に、あり得ませんわ。金子さんを、殺した犯人は、別にいます」

「どうして、そういえるんですか？」

「だって、金子さんがいるおかげで、みんなで、日本中を楽しく旅行できたり、面白い謎にぶつかったり、それを、本にして、ときには、印税だって、もらえたんですよ。みんな、とても喜んでいたんです。それなのに、金子さんを、殺すわけがないじゃありませんか？」

「しかし、日本ミステリーの会は、十年間も同じ人たちで、続いてきたわけでしょう。あなたも、十年間ではなくても、それに近い間、日本ミステリーの会に、在籍していたわけですね。長い間、一緒に行動していると、どうしても、喧嘩になったり、憎み合ったりもすると思うのです。日本ミステリーの会でも、そういうことがあったという噂を耳にしたんですが」

十津川が、いうと、晃子は、また、キッとした顔になって、

「そんなこと、誰がいったんですか？」

「いや、誰がいったというのではなく、たんなる噂ですよ。われわれにも、真偽のほどは、分からないんですよ。ただ、五人の会員が、ずっと一緒に、行動していれば、時には、喧嘩になったり、憎み合ったりするのは、当然のことじゃありませんか？　ひょっとして、それが、今回の事件のきっかけになったのではないかと、思ったりしているのですが、そういうことは、考えられませんか？」

「そんなことはありませんよ。絶対に、ありませんし」

晃子は、強調した。

「どうして、そう、はっきりと、いい切れるのですか？」

「私たちは、ずっと一緒に、仲良くやって来たんですよ。いわば、同志なんです。それなのに、仲間が殺されたことに、関係しているなんて、そんなこと、あるわけがないじゃありませんか？」

「五人の会員の中で、あなた一人が、女性ですが、そのことで、何か、困ったこととか、問題になったようなこととかは、ありませんでしたか？」

「全然ありませんわ。皆さん、私のことを、女性だと、思っていらっしゃらないんじゃないですか？」

やっと、晃子が、笑った。

「現在、行方不明になっている、崎田幸太郎さんですが、青木ヶ原に行く電車の中で、一緒だったと思われる女性がいましてね。前に、お見せしましたが、この似顔絵の女性なんです。もう一度、見ていただけませんか？」

十津川は、似顔絵を、晃子の前に置いた。

「この似顔絵を見て、どう思いますか？」

「どう思うかと聞かれても、別に、なんとも」

「そうですか。なんとも、思いませんか」

「だって、そうでしょう？　崎田さんは、二年くらい前だったかしら、奥さんが、亡くなられて、今は、れっきとした、独身なんですよ。それに、まだ、五十二歳という若さだし、崎田さんに、この、似顔絵のような、若い恋人がいたとしても、別に、おかしくはないじゃありませんか？　崎田さんが、行方不明になった原因が、まるで、女性関係みたいに、刑事さんが、考えているのが、おかしいと、思いますけどね」

「では、新藤さんは、崎田さんが、行方不明になった理由を、どう、考えていらっしゃるんですか？　この女性が、原因だとは、思いませんか？」

亀井が、きいた。

晃子は、チラリと、似顔絵に、目をやってから、

「その女性が、原因とは、思いませんわ」

「どうしてですか？」

「だって、さっきもいったように、崎田さんは、奥さんを亡くされて、今は、独身なんですから、好きな女性がいても、別におかしくはないんです。平気で、みんなに、紹介すればいいいんですよ。私たちだって、崎田さんから、紹介されたら、おめでとうって、いいますよ。だから、その女性が、原因で、崎田さんが、行方不明になったとは、私は思いません。別の理由があったと思います」

「では、どうして、崎田さんが行方不明になっていると、思いますか？」

「私の考えですか？」

「ええ、そうです」

「私は、警察じゃありませんから」

「それでも、意見があったら、お聞きしたいんですよ。新藤さんは、少なくとも、われわれよりは、崎田さんの近くにいた方なんですから」

「これは、私の勝手な想像ですけど、崎田さんは、何かの事件に、巻き込まれたんですよ。彼は、自分から、何か事件を、起こすような人じゃありませんもの」

と、晃子は、いった。

三人の聞き取りが終わった後、十津川は、亀井に向かって、

「これで、三人から、話をきいたが、カメさんは、この中で、誰がいちばん怪しいと思ったね？」

亀井は、間を置かずに、

「中野新太郎です」

と、いった。

「中野新太郎か。カメさんは、どうして、彼が怪しいと思うんだ？」

「彼の態度は、最初から、なんとなく、おかしかったですよ。こちらが、質問すると、やたらに、寺西が、そういったんですかとか、寺西は何といっているんですかとか、そればかり、何度も繰り返していましたからね。何か、まずいことがあれば、寺西博という、中学校の国語教師のせいにしたいような口ぶりでした。それが、引っ掛かりましたね」

「私も、まったく同感だよ。中野の態度は、なんとなくおかしかった」

十津川は、うなずいてみせた。

「どうしますか？　もう一度、中野新太郎を、捜査本部に呼んで、話を、聞いてみますか？」

「いや、中野新太郎だけを二度も呼び出したら、彼も用心して、何もしゃべらなくなってしまうよ。尋問はやめて、中野新太郎について、徹底的に、聞き込みをやってみようじゃないか。一人でも二人でも、なるべく多く、関係者に会って、彼の話を聞いてくるんだ。そして、彼が、いったい、どんな人間なのか、どんな性格なのか、どんな欠点を持っているか、まわりの人間は、どう見ているのかを知りたい」

十津川は、すぐ、刑事たちを、聞き込みに走ら

せることにした。

ただし、直接、中野新太郎や、あるいは、彼の家族からは、話を聞かない。すべてを、間接調査として、それを守ることを命じた。

当の中野新太郎に、気づかれないように、聞き込みをやるのだから、どうしても、時間が、かかってしまう。

それでも、十津川は、かまわないと思った。

刑事たちは、辛抱強く、遠回りな聞き込みを、地道に続けた。その結果が少しずつ、十津川に報告されてきた。

西本と日下の二人の刑事が、会って話をきいたのは、中野新太郎と同じジャパントラベルで、働いていて、現在は退職している、栗原昌一《くりはらしょういち》という男だった。

栗原は、肝硬変で、都内の病院に入院して、現在二カ月目だが、中野は、一度も、見舞いに来ていないという。それを、確認してから、西本と日下の二人が、栗原に会うために、国立にあるT病院に、出かけていった。

現在、中野と同じ、五十二歳だという栗原は、西本が、

「中野新太郎さんのことを、覚えていますか？」

と、いうと、大きくうなずいて、

「もちろん、覚えていますよ。彼とは、十年近く、同じジャパントラベルの、同じ部署で働きましたからね」

「中野新太郎さんは、どんな人ですか？」

西本が、きくと、栗原は、ニヤリとして、

「頭がいい男ですよ。仕事もやる、一生懸命にね。でも、イヤなヤツですよ」

「どんなふうに、イヤな男なんですか？」

「仕事は、いつだって、人並み以上にバリバリやりますよ。だから、会社にとっては、ありがたい社員でしょうね。だが、友だちとしてみれば、なんとなく、信用できないヤツなんですよ。調子はいいんですけどね、自分にとって損になるとみると、ソッポを向いてしまう。そんな感じかな」

「友だちとしては、信用できないということですか？」

「そうですよ。よくいるじゃないですか？　仕事をバリバリやる、優秀な社員で、上役には可愛がられているし、出世コースにも、乗っている。しかし、いざ、友だちとして、つき合うとなると、波長が合わないし、いうことが信用できない。そんなヤツが、どんな会社にも、必ず一人や二人、いるじゃありませんか。まさに、そういうヤツなんですよ、中野新太郎という男は」


「中野さんが、日本ミステリーの会という会に、入っていたことは、ご存じでしたか？　男性四人と、女性一人の、五人でやっている会で、日本の、ちょっと変わった場所に探検に行ったり、不思議な事件を調べたりして、それを五人でアルバムにしたり、時には、本にして、出版したりもする、そういう会なんですが」

日下が、いうと、

「ええ、知っていましたよ。いつも、彼は、自慢していましたからね。俺は、趣味と実益を兼ねたことをやっているんだと、自慢していたんです」

「趣味と実益を兼ねた、ですか。中野さんは、この会に、十年間、入っていたんです。それを考えると、意外に辛抱強いところもありますし、人づき合いが、悪いわけでもないんじゃありませんか？」

と、西本が、きいた。

「たしかに、十年間も、喧嘩せずに、脱会者もなく、一緒にやってきたんだから、うまく、やっていたんだとは思いますけどね。しかし、彼が、日本ミステリーの会ですか、その仲間のことを、いつも、僕たちに、どんなふうに、いっていたかを知ったら、ビックリするんじゃありませんかね？」

と、いって、栗原が、笑った。

「仲間の会員のことを、栗原さんに、話したことがあるのですか？」

「ええ、ありますよ。特に、一緒に飲んだ時なんかは、本音が出るというのかな、ほかの会員のことを、クソ味噌に、いっていましたね」

「どんなふうに、いっていたんですか？」

「いろいろでしたけど、たとえば、こんなことをいっていましたね。会員の中に、女が、一人いるんだそうですよ。中年の女で、離婚して独り身なんだけど、ちょっと色っぽくて、変な色目を使って、迫ってくるんで、弱っているんだ。ああいう女は、困るな。そんなことを、いったこともありますよ」

「ほかにも、会員のことを、いっていましたか？」

「会員の中に、雑誌の編集長がいるといっていましたね」

「そうです。リーダー格の会員が、雑誌の編集長なんですよ」

「そいつが、いつも、プロであることを鼻にかけていて、一緒に、取材旅行していると、やたらに、そんな写真は要らないとか、あそこにいる人から、話を聞いてこいとか、あれこれ、指図ばかりするんだ。旅行のことなら、俺のほうがプロだ。それなのに、威張りやがって、とにかく頭に来るヤツだ。そんなことを、いっていましたね」

「しかし、その、編集長のおかげで、みんなで集めた話や写真が、本になって、印税をもらっているんですよ」

「ああ、その話でしたら、きいたことがありますし、本になったものを、もらったこともありますよ。たしか二冊あって、一冊は、知床の本で、もう一冊は、沖縄の与那国の海中の話だったと、思いますすね。趣味でやっていることが本になって、そのうえ、印税が手に入ったんだから、楽しいじゃないかといったんですよ。そうしたら、彼は、こういいましたね。たしかに、印税はもらったけど、この本は、ベストセラーになったんだ。それでも、五人の会員で、分配したから、五分の一の、ほんのわずかな印税しか、もらえなかった。それに比べて、あの編集長は、会社から、たんまりボーナスをもらっている。結局、いい思いをしたのは、アイツだけだって」

「ほかの会員のことは、何か、いっていませんでしたか？　会員は男性四人に、女性一人なんですが、四人の男性の中に、一人だけ、奥さんに死なれて、現在、ヤモメの男性がいるんです。その男性について、何か、いっていませんでしたか？」

西本が、きいた。

「その人は、たしか、さき何とかさんっていうんじゃありませんか？」

「崎田ですよ。崎田幸太郎です」

日下が、いうと、栗原は、うなずいて、

「ああ、崎田さん。崎田さんでした。崎田さんのことも、いろいろいっていましたね」

「どんなことを、いっていたんですか？」

「それが面白いんですよ。会員の中に、中年の女が一人いて、彼女が、何かと、色目を使ってくるので、困ったというようなことを、中野は、いっていたんですけど、そのくせ、崎田さんというのが、奥さんに死なれて、現在独身で、ちょっと、背が高くて、スマートないい男だそうで、その崎田さんに、その女が、やたらに、ベタベタしているので、腹が立つというんですよ」

「なるほど」

「それで、頭に来て、その女に、一言、いってやったことがあるそうです」

「どんなことをいったんですかね？」

「あの崎田さんには、今、二十代の若い恋人ができているんだから、あんたが、いくら口説いたって、どうにも、ならないよって、いったらしいですよ。そうしたら、彼女、泣き出しそうな顔を、していたよって、中野は、嬉しそうな顔でいっていましたね。他人が嬉しそうにしていると、面白くないというのがあるでしょう？　あいつは、そんな性格なんですよ」

と、栗原は、いった。

5

三田村と北条早苗の二人の刑事が、中野新太郎の話をきくために、会ったのは、新井《あらい》幸恵《ゆきえ》という女性だった。

彼女は、若い頃に、六本木のクラブでホステスをやっていたことがあり、その店は、中野新太郎が、接待に使ったり、プライベートで、一人か二人で、飲みに来たことがあったという。

新井幸恵のほうは、その後、結婚し、現在、三歳になる子どもがいる。

三田村と北条早苗は、その新井幸恵に会った。

幸恵は、今はもう、すっかり、平凡な家庭の主婦におさまっていたが、クラブで働いていた頃のことは、よく、覚えていた。

相手が女性なので、主として、北条早苗が話を、きくことになった。

「あなたが、六本木のクラブで、働いていた頃、新橋にあるジャパントラベルという旅行会社の社員で、中野新太郎さんという人が、よくお店に、飲みに来ていたと、きいたんですが」

と、早苗が、いうと、幸恵は、ニッコリして、

「あの中野さんのことなら、今でも、よく覚えているわ」

「あなたから見て、中野さんは、どんな人ですか？」

「一言でいえば、猛烈社員ね」

と、幸恵が、いった。

「猛烈社員ですか」

「ええ、そうよ。とにかく、人の何倍も、猛烈に働くの。中野さんと、同じ会社の人も飲みに来ていたんだけど、みんな、いっていたわ。アイツには、敵《かな》わないって。でも、中野さん、女性には、だらしがないの」

と、いって、幸恵は、笑った。

「そうですか。猛烈社員だが、女性には、だらしがないんですか？」

三田村が、笑いながら、その言葉を繰り返すと、

「でも、猛烈社員だったからこそ、女性に、だらしなかったのかもしれないわ」

と、幸恵は、いい直して、

「猛烈社員だから、ボーナスも、会社でいちばんもらっていたみたいで、よく自慢していたけど、お金があるから、女性に対して、だらしなかったのかもしれないわ」

「どんなふうに、だらしないのかしら?」

と、早苗が、きく。

「店に、新人のホステスが入ってきて、まだ十九歳か、二十歳くらいだったと思うんだけど、可愛いけど、お客にあまり、もてなかった。中野さんも、色気がないといってたんだけど、突然、彼女を口説きはじめて、金を使って、ものにしたみたいなんだけど、ものにした途端に、今度は、手のひらを返したように、冷たくなっちゃったの。女の子のほうは、中野さんのことを、真剣に好きになったところだから、すごい、ショックだったみたいで、そのうちに、店を辞めていっちゃったわ」

「どうして、そんなことをするのかしら?」

「わがままな子供なのよ。そんな子供が、いるじゃないの。興味のないオモチャなのに、ほかの子供が欲しがると、急に奪い取って、ほかの子供には渡さないのが。それと同じで、いつもは、興味のない女なのに、誰かが、その女と仲良くなると、急に、彼女に近づいて、自分のものにする。その女が欲しいわけじゃないのよ。わがままで、独占欲が強いだけ。まわりの人にしてみれば、迷惑この上ないというわけね」

「なるほどね。中野というのは、そういう性格なんだ」

「そう。面白いといえば、面白いけど、困った人でもあるわ」

「そういう中野さんだと、今でも、若い女性を、追いかけているのかしら？」

「そうね、中年の女性は、ああいう男には、最初から、警戒して近づかないから、男性に、あまり慣れていない若い女の子を、今も、熱心に、口説いたりしてるんじゃないかしら？」

と、幸恵が、いった。

「中野さんだけど、金銭感覚は、どうだったのかしら？　女性に対してと同じで、お金にも、だらしないなんてことはなかった？」

「私が知る限り、お金にはシビアだったわね。ケチなの」

「中野さんが、お金に困って、借金をしているというような話は、聞いていない？」

と、早苗が、きいた。

「そういう話は、きいたことがないわね。中野さんの奥さんは、なんでも、お金持ちのお嬢さんだそうだから、お金には、苦労していなかったんじゃないかしら？」

三田村と、北条早苗の二人は、中野新太郎の妻、美佐子《みさこ》、四十五歳について調べることにした。

中野新太郎が住む世田谷区の区役所で調べると、妻の中野美佐子、旧姓、佐伯《さえき》美佐子の実家は、静岡市内にあることが分かった。

二人の刑事は、新幹線で、静岡に行き、実家のことも、調べてみた。

美佐子の実家は、ＪＲ静岡駅前に、十五階建ての、真新しいビルを所有していた。駅に近いので、不景気な現在でも、有力な会社の事務所が、いくつも入っていて、空き部屋は、ほとんどないという。

地元の人に、きくと、元々、佐伯家というのは、この辺りの大地主であり、駅前の新築の貸しビルのほかにも、市内に、マンションをいくつか、持っている資産家だと教えられた。

現在、中野新太郎の妻になっている美佐子は、この佐伯家の次女だということを、確認してから、二人の刑事は、捜査本部に戻り、調べたことを、十津川に報告した。

刑事たちが、中野新太郎について調べてきたことを総合すると、五十二歳のこの男は、要注意人物になってくる。

しかし、十津川は、あくまでも、慎重だった。

「たしかに、中野新太郎という男は、引っかかる存在だ。しかし、だからといって、中野新太郎が、会員仲間の殺しや行方不明に関係していると、断定することは危険だ。イヤな奴だからといって、殺人犯だとは、限らないからね」

「警部のいわれるとおりです。断定するためには、それなりの動機や証拠が必要です」

と、亀井も、うなずいたが、

「崎田幸太郎と一緒に『フジサン特急』に乗っていたという、二十代の若い女性ですが、中野新太郎は、彼女のことを、知っているような気がしますね」

と、いった。

「カメさんのいうとおりだよ。全員が、揃って知らないというのは、ちょっと、おかしいんだ。長い間、五人で一緒に、全国を旅行して、取材をしたり、写真を撮ったり、記事を書いたりして、その結果を、本にまとめたりもしているんだからね。そういう仲間の一人が、奥さんを亡くして、ヤモメ暮らしをしているうちに、若い女性と知り合って、つき合い始める。それを誰も知らないというほうが、不自然だよ」

「彼女のことを、ほかの会員が、知っていたとすると、どういうことになるんでしょうか?」

　亀井が、きく。

「そのことが、金子修が殺された理由であり、崎田幸太郎が失踪した理由かもしれない。彼女の存在が、なんらかの、トラブルの原因になったのではないかと、考えているんだ」

第四章　会の秘密

1

十津川は、五人組の唯一の女性、新藤晃子に、もう一度話をきくことにしたが、その前に、殺された金子修の家族に、会うことにした。

ここまで、会のメンバーから話をきいているうちに、五人の会員の中で、何か、暗黙の秘密のようなものがあったのではないのか？　そのせいで、五人の中の一人が、殺され、一人が行方不明になっているのではないのか？　十津川は、そんな気がしたのである。

そうだとすると、あらためて新藤晃子に会っても、本当のことが、きけない恐れがあった。

そこで、殺された金子修の家族に、会ってみることにしたのである。こちらのほうが、本音が、きけるのではないかと、期待したのだ。

金子修の家族は、世田谷区太子堂のマンションに住んでいた。

十津川と亀井が、訪ねていった時は、金子修の妻、四十歳の典子《のりこ》が、一人で、家にいた。

こちらの調べでは、金子夫妻の間には、娘が一人いて、名前は和美《かずみ》。十九歳の、大学生のはずだった。

「娘は、学校から、まだ帰ってきておりません」

と、典子は、十津川に、いった。

「今、石神井公園で殺されたご主人の事件を、捜査しております。それで、奥さんの目から見た、ご主人について、いろいろと、話をおききしたいと思って、お伺いしたんです」

四十歳の金子典子は、しっかりと二人の刑事を見て、

「私に分かることでしたら、なんでも、お答えしますけど」

と、いった。

「金子さんと、結婚なさったのは、いつ頃ですか？」

まず、十津川が、きいた。

「今からちょうど、二十年前で、私が二十歳、主人の金子が、私より、一回り上の三十二歳でした」

典子は、少し笑いながら、答えた。


「その頃から、金子さんは、もう、雑誌の編集の仕事をやっていたんですか？」

「はい。今と同じ、出版社で働いて、日本マンスリーの、編集の仕事をしていましたけど、もちろん、平《ひら》の編集者でした」

「その頃、あなたは、何をなさっていたんですか？」

「短大を卒業したばかりで、マスコミの仕事がやりたくて、金子の勤めていた出版社に行って、面接を受けたんです。それが、金子と知り合うきっかけでした。私が、金子さんのような編集者になりたいというと、金子に、それより、僕と結婚しないかと、いきなり、いわれたんです。ビックリしましたけど、どういうわけか、半年後に、結婚してしまいました」

典子が、また、笑った。

「その後、ご主人の金子さんは、四十二歳の時、金子さんを含めた、同じ四十二歳の男五人で、日本ミステリーの会を、作りました。そのことは、もちろん、ご存じですね？」

「ええ、知っています。金子が、嬉しそうに帰ってきて、日本ミステリーの会のことを、話していましたから。全員四十二歳で、同い年なんだ。そういっていましたわ」

「日本ミステリーの会は、今年で十年になりますよね？　会員の人も全員、当然のことながら、今年で、五十二歳になりました。この十年間に、典子さんが、ご主人の金子さんや、会員の方と一緒に、どこかに、旅行されたことがありますか？」

亀井が、きいた。

「一度だけ、ご一緒させていただいたことがございます」

典子が、いった。

「それは、いつのことですか？」

「いつだったか、正確な日にちまでは、覚えていませんけど、主人が、その旅行では、責任者になっていて、北海道の知床に行った時です。その時、初めて、皆さんと一緒に、旅行しました」

「知床ですね？」

十津川が、念を押した。

それは、寺西博と中野新太郎の二人に話をきいた時、もちろん、知床のことも話題に出たのだが、その際、金子修の妻、金子典子が一緒に行ったということを、二人とも、いわなかった。

「はい、知床で、ご一緒させていただきました」

「その時ですが、あなたが、一緒に行くということで、会員の方は、反対しなかったんですか？」

亀井が、きいた。

「私は、皆さんに、歓迎されたと思っていましたけど、本当は、困っていたんでしょうか？」

と、逆に、典子が、きく。

「いや、そういうことは、なかったと思いますよ」

と、亀井が、いった。

「その時は、ご主人が、今回、一緒に来ないかといわれたんですか？　それとも、典子さんのほうから、一緒に行きたいといわれたんですか？」

「あの時は、私のほうから、主人に頼みました。以前から私、一度は、知床に行ってみたかったんです。それで、今回は主人がリーダーになって、知床に行くと聞いて、ぜひ一緒に連れていってほしいと頼んだんです」

「ご主人は、ＯＫしたんですか？」

「いいえ、すぐには、ＯＫしてくれませんでした。ほかの会員の意向も、きかなくてはいけないので、その後で返事をする。そういわれました。その後、ほかの会員が、ＯＫしたから、連れていくと、主人がいったんです」

「知床旅行のアルバムを、拝見しました。四泊五日の旅行だったようですね？」

「ええ、そうでした」

「こちらが、調べたところでは、二年前の、三月十五日から十九日までの、四泊五日ということになっていますが、これで、間違いありませんか？」

「そうだったと、思います。春先で、東京は、もう、だいぶ暖かくなっていましたけど、知床に行ったら、ずいぶん、寒かったのを覚えています」

と、典子が、いった。

「ここに、日本ミステリーの会が、取材に行った場所を、書いてきたんですが、順番は不同です」

十津川は、メモを典子の前に、置いた。

一、日本で、UFOがいちばん多く見られるという、能登半島の羽咋。
二、秋吉台。
三、与那国島沖の海底探査。
四、十津川村の吊り橋ほか熊野古道。
五、北海道知床。

「この中では、典子さんが参加された、二年前の知床旅行というのは、いちばん、新しいわけではありませんね？　この五つの旅行の中で、何番目に入るんでしょうか？」

十津川が、きいた。

典子は、少し考えてから、

「ちょうど真ん中、三番目だと思いますけど」

「知床旅行の参加者ですが、ご主人の金子修さんが、リーダーでしたね？」

「はい、そうです」

「他に、崎田幸太郎さん、寺西博さん、中野新太郎さん、女性の新藤晃子さん、それに、あなたが参加して、全部で六人で行ったんですか？」

十津川が、きくと、典子は、ちょっと、戸惑いの表情を見せた。

その顔色を見て、亀井が、

「ほかにも、参加者がいたんですか？」

と、きいた。

「ええ、女の方が、もう一人、いらっしゃいましたよ」

と、典子が、いう。

「ひょっとして、その女性は若くて、なかなかの美人で、崎田幸太郎さんと、仲が良かったのでは、ありませんか？」

十津川が、すかさず、きく。

「ええ、そうです」

「知床旅行のアルバムを、見せてもらったんですが、典子さんも、崎田幸太郎さんと、仲が良かったという、その女性も、写真には、写っていませんね？　どうしてですか？」

と、亀井が、きいた。

「私は、あの旅行では、新参者でしたから、写真係をやっていて、旅行中の皆さんの写真を、撮りましたけど、自分の写真は、撮りませんでした。それで、私の写真は、一枚もないんです。でも、崎田幸太郎さんと一緒に来た、若い女の人の写真は、私、たしかに、撮ったんですよ。恥ずかしがっていて、彼女は、写るのを、嫌がっていたんですけど、一枚か二枚、崎田さんと一緒のところを、撮ったんですよ。その写真は、崎田さんに、差し上げましたけど」

「その写真は、ご主人の金子さんにも、渡したんですか？」

「今もいったように、私は、写真係でしたから、自分の撮った写真は全部、アルバムの編集をする、金子に渡しました」

「典子さんが撮った、崎田幸太郎さんと、若い女性の写真ですが、崎田さんもその女性も、恥ずかしそうにしていたと、いわれましたね？」

「ええ、たしか、彼女は、崎田さんが、勝手に連れてきた女性でしたから、遠慮していたんだと思いますわ」

「でも、ほかの、四人の会員の人は、崎田さんが、勝手に、若い女性を、連れてきたことに、別に、反対はしていなかったんでしょう？」

「ええ、どなたも、反対は、していませんでした。あのとき、崎田さんは、たしか、奥さんを、亡くされてすぐでしたから、皆さん、笑いながら、からかっていらっしゃいましたよ。その女の方が、若くて、なかなかの、美人でしたから」

「それなら、知床旅行のアルバムに、崎田さんと、彼女が写っている写真を、載せても、別に問題はなかったんじゃありませんか？」

「ええ。だから、私も、お二人の写真を、金子に渡したんですけど」

典子が、いった。

（それか）

と、十津川は、思った。

金子が編集した知床旅行のアルバムは、一枚だけ、ページが、欠けていることが分かっている。


それを見つけたのは、北条早苗刑事である。

たぶん、そのページに、崎田幸太郎と、彼が連れてきた若い女性の写真を、載せてあったのだろう。それを、金子修が、後になって、抜いてしまったのだ。

なぜ、金子修は、そのページだけ、抜いてしまったのだろうか？

それは、金子修が、自分の独断でやったのだろうか。それとも、会員の誰かから、クレームがついたので、抜いてしまったのか？

「申し訳ありませんが、もう一度、念を押させてください。崎田幸太郎さんが、若い女性を連れてきた。その会の、知床旅行に、ほかの会員は、誰も非難したり、怒ったりは、しなかったんですね？」

十津川が、きく。

「ええ。崎田さんの奥さんが、亡くなったばかりの時でしたから、からかってはいらっしゃいましたけど、それは、いってみれば、全員が、祝福していたんだと思いますわ」

と、典子が、いった。

十津川は、問題の女性の似顔絵を、ポケットから取り出して、典子の前に、置いた。

「これは、典子さんが、その女性に会った二年後に、目撃者の証言を、もとにして作った似顔絵なんですよ。この似顔絵ですが、典子さんの記憶にある、その若い女性と、似ていますか?」

十津川が、きいた。

その似顔絵を、典子は、じっと見ていたが、ニッコリして、

「ええ、よく似ていますよ。これ、どういう似顔絵なんですか?」

と、きいた。

「先日、崎田幸太郎さんが、この似顔絵の女性と一緒に、富士急行で、終点の河口湖まで行ったんですよ。その後、崎田幸太郎さんは、行方が、分からなくなってしまいました」

「そうなんですか」

「典子さんから見ると、二人が、一緒にいても、おかしくありませんか?」

「ええ、別に、おかしくはありませんよ。なにしろ、二年ぐらい前からの、おつき合いのようですから」

「しかし、寺西博さんと中野新太郎さんの二人は、この女性が、どういう人か、知らないというんです。もちろん、崎田さんとの関係も分からない。一度も、見たことがない。初めて見る顔の女性だと、いうんですよ」

「本当に、知らない、初めて見る顔だとおっしゃったんですか？」

「ええ、そういっています」

「お二人とも、どうして、そんなことを、いうんでしょう？　だって、二年前の知床旅行に行った時、崎田さんが、連れてきた女の人なんですよ。寺西博さんも、中野新太郎さんも、新藤晃子さんだって、一緒に、四泊五日の旅行をしたはずなのに」

「しかし、今も、申し上げたように、皆さん、この女性の似顔絵を見て、初めて見る顔だと、いっているんですよ」

「なぜなのかしら？」

典子は、首を傾《かし》げている。

その顔に、嘘をついているような影は、見えなかった。それに、今のところ、彼女が嘘をつく必要もない。

「この女性の名前、分かりませんかね？　崎田さんが、この女性のことを、何と呼んでいたのか、それでも、いいんですが、覚えていらっしゃいませんか？」

十津川が、きいた。

「たしか、崎田さんが、ほかの会員さんに、アヤさんと、紹介していたような気がするんです。アヤという字が、どういう字なのかは分かりませんが、アヤさんといっていたのは、間違いありません」

「フルネームは、分かりませんか？」

「それが、どうしても、思い出せないんですよ。たぶん、フルネームをきいたとは思うんですが、私は、女性同士の気安さで、旅行中ずっと、彼女のことを、アヤさん、アヤさんと呼んでいたので、それは、よく覚えているんです。でも、フルネームは、覚えていません」

「その時、彼女が、何歳くらいだったか、分かりませんか？」

「たしか、二十五歳じゃなかったかしら？」

「ほかに、この、アヤさんという女性のことで、何か、覚えていらっしゃることはありませんか？　なんでも、結構ですよ。なんとか、この女性の身元を、確認したいもんですから、何か、ヒントになればと思って、おききしているんです」

と、十津川が、いった。

典子は、しばらく、考えていたが、

「彼女は、スケッチブックを持っていて、ときどき、知床周辺の景色を、デッサンしていましたよ」

「スケッチブックですか？」

「ええ、そうです」

「腕前は、どうでした？」

「なかなか、お上手でしたけど、飛び抜けて、うまいということは、ありませんでしたわ。知床に行った時には、何枚か、スケッチしていたんじゃないかしら？　それで、私は、その中の一枚が、気に入ったので、それを、アルバムに、載せてくれないかと、主人に、頼んだんですよ」

「それは、どんなスケッチでしたか？」

「たしか、知床観光に出かけていく遊覧船を描いた絵でした。その絵が気に入ったので、主人に、アルバムに載せるか、取材記録の表紙に使ってほしいと、いったんですけど、結局、アルバムにも、載らなかったみたいですね」

と、典子が、いった。

たしかに、十津川が見た、知床旅行のアルバム

には、遊覧船を描いた絵は、載っていなかった。

2

この後、十津川たちは、唯一の女性会員である新藤晃子に、会うことにした。

新宿西口にある超高層ホテルの、四十二階の喫茶ルームで、晃子と、待ち合わせた。

待ち合わせの時間に五分遅れてやって来た晃子は、かなり派手な服装で、薄い色のサングラスを、かけていた。

「あらためてお聞きしますが、新藤さんは、日本ミステリーの会の会員の中では、唯一の女性会員ですが、女性ということで、何か、困ったことはありませんか?」

と、十津川が、きいた。

「いいえ、皆さん、紳士でいらっしゃるので、セクハラのようなことは、一度も、経験したことはありません。かえって、私のはうが、物足りないくらいで」

と、いって、新藤晃子は、微笑した。

四十二歳で、独身の新藤晃子は、日本ミステリーの会で、自分一人が女性であることを、結構楽しんでいるのかもしれないと、十津川は、思った。

「日本ミステリーの会は、皆さんでいろいろな面白いところに、旅行して、それをアルバムにしていらっしゃいますね？　二年前の三月には、知床に出かけた。その時も、新藤さんは、たしか、ご一緒だったと思うんですが」

「ええ、たしかに、二年前の三月、皆さんと一緒に、知床に行きましたわ」

「その時、会員以外の女性の方も、参加されたのでは、ありませんか？　そういう話を、聞いているんですが」

十津川が、いうと、晃子は、

「それなら、金子さんの奥さんのことじゃありませんか？　あの時だけ、金子さんは、奥さんの典子さんを連れて、知床に行かれたんですよ」

「その時、金子修さんの奥さん、典子さんの存在が、邪魔だったということはありませんでしたか？」

十津川が、きくと、晃子は、違いますというように、大きく手を横に振って、

「金子さんの奥さんって、とてももの静かで、知床に行った時も、黒子に徹していて、みんなの写真を撮ったり、スケジュールを作ったりしてくださいましたから、皆さん、喜んでいましたわ。ですから、邪魔だったということは、ありません」

「あなたは、どうだったんですか？　女性同士で、面倒なことになるとは、思わなかったんですか？　まあ、リーダーの奥さんですから、表立って、いろいろなことを、いうわけにはいかなかったでしょうが」

と、亀井が、いった。

「いいえ。あの時は、むしろ、金子修さんの奥さんには、感謝しました。普段なら、女の私が、やらなくてはならないようなことを、金子さんの奥さんが、進んでやってくださいましたから。旅行全体のスケジュールは、旅行会社に勤めている中野新太郎さんが、作ってくれましたけど、現地に行った後、レストランとのちょっとした細かな交渉とかは、全部、金子さんの奥さんが、やってくださったんですよ。テキパキしていて、大助かりでしたわ」

晃子が、いった。

「たしかもう一人、会員ではない女性が、この時の、知床旅行に参加していたときいたんですが、本当でしょうか？」

十津川が、きいた。

一瞬、新藤晃子は、エッという顔になったが、すぐ、

「そんな話、初耳ですわ。私は、日本ミステリーの会が主催した、大きな旅行には、五回全部、参加させていただきましたが、会員以外の若い女性が、参加したことは、一度もありませんよ。何か、刑事さんの、聞き違いじゃありませんか？」

「二年前は、現在、行方不明になっている崎田幸太郎さんが、奥さんを、亡くしてすぐの頃でした。その崎田幸太郎さんが、若い女性を、連れてきたというので、皆さんが崎田さんを、からかったりしたのではありませんか？」

「いったい、誰が、そんなことを、いっているんですか？」

晃子が、険しい表情になった。

「亡くなった金子修さんの奥さんですよ。今、あなたも、金子さんの奥さんは、知床旅行に参加した。そういって、おられましたね？　その時に、崎田幸太郎さんが、若い女性を連れてきたと、金子典子さんが、証言しているんです。彼女の名前はアヤさんだったとも、典子さんは、いっているんですが、思い出されましたか？」

十津川が、きいた。

「いいえ、覚えていません。私は、たしかに知床に行きました。その時、崎田さんも一緒でしたけど、若い女性を連れてきたりは、なさっていませんよ。奥さんが亡くなって、すぐだったのは本当

ですけど。日本ミステリーの会というのは、結束が固くて、関係のない女性を、旅行に、勝手に連れてきてはいけないといった、そういう、不文律のようなものがあるんですよ。崎田さんだって、若い女性を勝手に連れてくるなんてこと、許されませんでしたから」

「しかしね。金子修さんの奥さんは、知床旅行の時には、崎田幸太郎さんが、若い女性を、連れてきたと証言しているんですよ。ほかの会員の皆さんは、崎田さんに向かって、わざとからかったりして、祝福していたともいっているんですが、それでも、知床旅行には、若い女性は、参加しなかったと、おっしゃるんですか？」

十津川は、少し強い口調になっていた。

「ええ、そうですよ。当たり前じゃありませんか？　何回でも申し上げますけど、私たちの日本ミステリーの会は、規則がいろいろとうるさくて、新しい会員を、なかなか、認めないんですよ。それで、今までずっと、同じ五人で、やってきました。会員も、勝手に、ほかの人を連れてきてはいけない。そういう不文律になっていました。金子修さんの奥さんが、参加したのは、旅行中、いろいろと事務的なことを、やってくれる人がいなかったので、金子さんが、連れてきたんですよ。それぐらいだから、崎田さんだって、勝手に、自分の知っている女性を連れてきたりは、なさいませんでした。それとも、写真か何か、残っているんでしょうか？　知床旅行に、崎田さんが、若い女性を連れてきたという証拠の写真ですけど」

今度は、晃子が、強い口調になった。

「金子典子さんは、写真係として、旅行中の皆さんの写真を、撮っていました。その中に、崎田さんと、その若い女性が一緒のところを撮った写真が一枚か、二枚あったので、金子さんに、それを、アルバムの中に使ってほしいといったそうです。でも、結果的には、その写真も、それから、彼女がデッサンした遊覧船の絵も、使われなかったと、奥さんは残念がっていましたよ」

「じゃあ、証拠が、ないんだったら、今、刑事さんがいわれた若い女性ですけど、結局、幻の女ですわね」

晃子が、なぜか、勝ち誇った表情になった。

3

「それでは、その女性の話は、やめましょう。日本ミステリーの会には、五人の会員がいて、四人は、全員五十二歳の男性で、一人だけ、新藤晃子さん、あなただけが、女性の会員として参加している。女性のあなたの目には、ほかの四人の男性会員は、どんなふうに、映っていたんですか？　まず、殺された金子修さんのことをお聞きしましょうか？　金子修さんのことは、どんなふうに、思っていらっしゃいましたか？　正直なところを、聞かせてください」

十津川が、いった。

「金子さんは、なんといっても、日本ミステリーの会の、リーダー的な存在でした。最初の発案者も、金子さんですものね。冷静で賢くて、私たち四人は、金子さんのことを、いつも、リーダーとして、尊敬していました」

と、晃子が、いった。

「しかし、金子修さんは、石神井公園で殺されました。犯人に、石神井公園まで呼び出されて、そこで、殺されたんです。新藤さんにおききするのですが、金子修さんには、はっきりした敵が、いましたか？　それらしいことを何か、金子さんは、あなたに、話していませんでしたか？　そうですね、最近、脅迫めいた手紙が来るとか、無言電話が、かかってくるとか、そういう話を、金子さんは、していませんでしたか？」

「いいえ、そういう話は、全然、聞いていませんん」

晃子が、きっぱりと、いった。

「そうですか。金子修さんが殺されたことには、何も、思い当たることはないということですか？」

「ええ、全然、ありません。だって、金子さんは、立派な方だったし、三月二十日には、青木ヶ原の樹海に行って、行方不明になってしまった崎田幸太郎さんを、みんなで、探そう。そういう計画を、金子さんが中心になって、立てていらっしゃったんですよ。それなのに、その五日前に、殺されてしまったんです。みんな、びっくりしたんです」

「そうですか、次は、寺西博さんです。この人は、公立の中学校の国語の教師で、奥さんの冬子さんも小学校の先生です。それから、娘さんが、一人いましたが、すでに、結婚して、今は、自宅にはいません。この寺西博さんのことを、新藤さんは、どう見ておられましたか？」

十津川は、わざと、五人が揃った写真を、新藤晃子に見せながら、きいた。

「奥さんのことは、よく知りませんけど、寺西さんは、真面目で、地味で、几帳面な、いかにも、中学校の先生というタイプです。あまり自慢も、なさいませんし、ほかの会員の方からも、好かれていらっしゃいますよ。寺西さんと話していると、気分が、よくなるような、そんな人です」

「ほかに、寺西さんのことで、何か、印象に残っていることは、ありませんか?」

これは、亀井が、きいた。

晃子は、少し考えていたが、

「みんなで、沖縄の与那国に行ったことがあるんです。あそこの海底に、昔の遺跡のようなものが、沈んでいるので、それを、調べに行ったんです」

「そのことは、知っています」

「その時、寺西さんが、泳ぎがとてもうまいので、ビックリしました。口数が少なくて、地味な方なのに、なんでも、中学時代に、水泳部にいて、東京都の中学校大会の時に、四百メートルのリレーの一員だったそうです。それを聞いて、私も、ほかの会員もみな、ビックリしていました。それで、みんなで、潜る時には、寺西さんに指導してもらいました。寺西さんは、今もいったように、中学時代、水泳部に所属していて、社会人になってからも、奥さんと二人で、沖縄や四国に行って、ダイビングをやっていた。そういっていました。人間って、外見だけでは、分からないんだなと、私は思いました」

と、晃子が、いう。

「三人目は、中野新太郎さんです。ジャパントラベルという旅行会社に、勤めていらっしゃいます。日本ミステリーの会が、旅行に出かける時、列車や飛行機の手配、旅館やホテルの予約はすべて、中野さんが、やっていらっしゃったようですね?」

「ええ、それが、中野さんの仕事でした。会社のためにもなるので、中野さん自身も、別に面倒だとは、思っていらっしゃらないようでしたわ」

「新藤さんから見て、中野新太郎さんは、どういう男性ですか？」

十津川が、きくと、

「そうですね」

と、晃子は、考えてから、

「やり手の、エリートサラリーマンという感じですけど、その一方で、神経の細かいところがあって、ときどき、いろいろと気にするんですよ。別に、悪気はないみたいですけど、私なんかは、中野さんが、他人の悪口をいっても、聞かないふりをしてますけど」

と、晃子が、いった。

「最後に、崎田幸太郎さんのことを、お聞きしましょうか。現在、行方不明になってしまっていて、娘のめぐみさんも、心配しているようですが、どうして、崎田さんが、行方不明になってしまったのか、失踪してしまったのか、想像がつきますか？　何か思い当たることが、ありますか？」

十津川が、きいた。

晃子が考えていると、十津川が、言葉を続けて、

「崎田幸太郎さんは、サラリーマンで、二年前に、奥さんを亡くされています」

「ええ、そのとおりです」

「ほかの会員も、そのことは、知っているんでしょうか？」

「ええ、皆さん、知っていますよ。会員同士では、なるべく、隠しごとをしないように、それが、長いこと、仲良くやっていける秘訣だと、リーダー格の金子さんが、いつもおっしゃっていましたから。崎田幸太郎さんの奥さんが、亡くなったことも、すぐ、皆さんに伝わりました」

「崎田さんには、女子大生の娘さんが、いますが、先日、青木ヶ原の樹海を調べに行った時に、お会いになりましたね？」

「ええ、会いました。いいお嬢さんじゃないですか」

晃子が、いう。

「めぐみさんが、会員の皆さんに、会ったのは、先日、青木ヶ原の樹海に行った時が、最初ですか？」

「ええ、そうです。あの時が初めてでした。皆さん、会には、家庭のことを、あまり持ち込まないようにしているみたいで」

と、晃子が、いった。

「五人の会員の皆さんは、ずっと一緒にやってこられたわけです。グループというのは、長くなると、いろいろとお互いに、不満が出たりして、結束が崩れていくもんですが、日本ミステリーの会は、新藤さんから見て、どうですか？　まだ、結束がしっかりとしていますか？」

「ええ、もちろん、しっかりしていますわ。今、刑事さんは、グループの人間が、年が経つにつれて、お互いに、不満が出たりして、別れてしまうことになる。そういわれましたけど、日本ミステリーの会に関しては、そういうことは、まったく、ありませんわ。なにしろ、皆さん、大人ですから。たまには、喧嘩になることもありますけど、その時には、必ず、仲裁役のような人が出てきて、それも、会員なんですけど、その人が、お互いを、なだめて、それで、結束が崩れることもなく、現在に、至っているんです。これまでだって、そうして、やって来ましたから」

晃子が、いった。

「結束が固いといわれましたが、すでに、金子修さんは、石神井公園で、殺されてしまっていますし、崎田幸太郎さんは、理由がまったく分からないのに、失踪したままで、今も行方が分かりません。これは、五人の結束が、崩れたことを意味するんじゃありませんか?」

「たしかに、リーダー格の金子さんが殺されてしまって、崎田さんも、行方不明になってしまいました。これは、日本ミステリーの会にとっては、大きな痛手です。でも、だからといって、残りの三人の誰も、日本ミステリーの会をやめようなんてことを、いわないいんですよ。解散という言葉も、一度も、口にしていません。崎田さんが姿を現したら、もう一度、四人で、結束を強めるための、お祝いをやりたいと、三人で、話しているんです」

「新藤さんは、日本ミステリーの会のことで、何か、隠してはいませんか?」

いきなり、十津川が、きいた。

晃子は、一瞬、ビックリした顔になって、

「いったい、何のことでしょう」

と、いい、続けて、

「今も申し上げたように、崎田さんが、帰ってきたら、四人でもう一度、結束を確認してから、新日本ミステリーの会を、作ろうじゃないかと、話し合っているんです。その時には、金子修さんの代わりに、新しく会員を、募集することにもなります。今まで、十年間やってきて、五人というのが、いちばんうまくやっていける、会員の数だと思っていますから」

「あなた以外の二人、寺西博さんと中野新太郎さんも、新日本ミステリーの会を、盛大に立ち上げることで、意見が、一致しているんですか？」

「そうです。あとは、一刻も早く、崎田幸太郎さんが見つかることを願ってます」

と、晃子が、いった。

「新藤さん、あなたは、会員の中では、いちばん若いし、ただ一人の女性です。だから、ほかの四人とは違った目で、日本ミステリーの会を見てこられたんじゃありませんか？」

十津川が、きいた。

「どういうことでしょうか？」

晃子は、少し引いたような表情になった。

「日本ミステリーの会は、この十年間の間に、何か、秘密を持ってしまったのでは、ありませんか？」

「刑事さんが、何のことをおっしゃっているのか、私には、よく、分かりませんけど」

明らかに、用心深い口調になっていた。

「十年間というもの、日本ミステリーの会を、続けてこられた。その間、いいことも、あったでしょうが、逆に、少しばかり、澱《よど》んだ空気も、出来上がってしまったのではありませんか？　小さな秘密が出来て、それが、いつの間にか、大きな秘密になってしまった。そのために、リーダー格の金子修さんが殺され、崎田幸太郎さんは、行方不明になってしまった。だとすると、この二つの事件を、解決するためには、すべてを、明らかにする必要があると、われわれは考えるんですよ。十年間やってきた日本ミステリーの会に、何か、秘密のようなものが、出来上がってしまったのなら、ぜひ、その秘密について、話していただきたいんですがね」

十津川は、新藤晃子の目を、見つめた。

晃子は、目をそらせてしまった。

「私たちの会に、何も、秘密なんて、ありませんよ」

少しばかり、晃子の声が、大きくなった。

4

十津川と亀井は、いったん捜査本部に戻って、夕方から開かれた捜査会議で、会員に会って、感じたことを、十津川が、説明した。

「今日、五人の会員で作られている、日本ミステリーの会の会員で、唯一の女性会員である新藤晃子に会って、話を聞いてきました。話しているうちに、私は、こんなことを考えました。日本ミステリーの会は、十年間、同じメンバーで、ずっとやってきました。日本各地の、謎に満ちた場所に行き、取材してアルバムを、作ってきました。一見すると、大変楽しそうな会のように思えますし、ときには、調べたことが、本になって、市販されて、印税が入ったこともあったようです。しかし、同じ会員で、十年も活動を続けていると、自然と、会の中に澱みができてしまうのではないか？　小さな秘密が、いつの間にか、大きな秘密になって、会員たち自身を、束縛してしまう。そのせいで、金子修が殺され、崎田幸太郎が行方不明になってしまったのではないのかと。私たちは、新藤晃子に、きいたんですが、そんなことはありませんという一言で、片付けられてしまいました。しかし、何もないといった時の、新藤晃子は、明らかに、後ずさりをしている感じでした。つまり、私たちの想像が正しくて、五人のグループの中に、大きな秘密が、出来てしまい、殺人事件と、失踪事件を引き起こしたと思われます。これは、間違いないと、私は、確信しました」

「それが、どんな秘密なのかは、まだ分からないんじゃないのかね？」

三上本部長が、きいた。

「ええ、残念ながら、内容については、まだ、まったく分かっておりません」

「だとすると、寺西博、中野新太郎、新藤晃子の三人を、殺人と誘拐の容疑で、逮捕するわけには、いかんだろう？」

「もちろん、ダメです。まだ、何の証拠もありません」

「新藤晃子は、君の疑問を否定した。ほかの二人、寺西博と中野新太郎は、どうなんだ？」

「二人とも、もちろん、問題は何もないと、いっています」

「それでは、先行きが、見えないんじゃないか？どうやって、答えを見つけるつもりかね？」

三上本部長が、きいた。

「明日、亀井刑事と、二人で、寺西博の奥さんと、中野新太郎の奥さんに、会ってこようと思っています」

と、十津川が、いった。

翌日、二人は、寺西博の妻、冬子が働いている三鷹の小学校に、出かけた。昼休みになるのを待って、二人は、冬子から、話をきくために、学校近くの喫茶店に、彼女を、連れていった。

夫の寺西博より、二歳若い五十歳。小柄で、夫の寺西博と同じように、一見、地味で、おとなしそうな女性に見える。

「先日、ご主人の寺西さんから、日本ミステリーの会のことについて、いろいろと、お話をお伺いしたんですよ。それで今日は、ぜひ、奥さんからも、お話を、おききしたいと思いましてね」

十津川が、いうと、冬子は、

「でも、主人が入っている日本ミステリーの会の旅行にも、一度も参加したことはないんですよ。ですから、会のことは、何も知りません」

「しかし、十年間、寺西さんは、同じメンバーの日本ミステリーの会に、参加しておられます。十年間もです。その間に、奥さんも、会員の方に、会われたことがあるんじゃありませんか?」

と、十津川が、きいた。

「実は、私と、主人の寺西とは、誕生日が、三日しか違わないんです。私が六月の五日で、主人が六月の八日です。ですから、毎年その中間を取って、六月の七日に、一緒に、誕生会をやるんですけど、その時に、日本ミステリーの会の会員の方を、お呼びしたことが、あります。一度そうしましたら、毎年、会員の方のほうから、今回は、誕生会をやらないのかと、そういわれるので、自然に毎年、二人の誕生会をやり、会員の方を、呼ぶようになってしまいました」

冬子は、少しばかり、嬉しそうな顔で、いった。

「では、毎年六月の七日には、誕生会を開き、金子さんや崎田さんや中野さん、それに、新藤晃子さんを、お呼びしているんですね?」

十津川が、念を押した。

「ええ、お会いしています。でも、ひょっとすると、皆さん、ご迷惑なのかもしれませんけど」

と、冬子が、笑った。

「実は、十年間続いている日本ミステリーの会ですが、十年間の間に、秘密が、出来てしまいましてね。そのために、リーダー格の金子修さんが殺され、崎田幸太郎さんが、行方不明になってしまっている。私たちは、そんなふうに、考えているんです。冬子さんから見て、何か、会員の皆さんが、少しばかり、おかしいなと思ったことはありませんか？　たとえば、パーティに来ても、ずっと、黙っているとか、変なことで、喧嘩になったとか、そういうことは、ありませんでしたか？」

十津川が、きいた。

「そうですね」

と、冬子は、すぐには、返事をせず、気持ちを落ち着かせるように、コーヒーを、一口飲んだ。そのまま、また黙ってしまったが、

「何か、思い当たることが、あるんじゃありませんか？」

十津川が、促すと、冬子は、

「たしか、二年か三年前の、誕生会の時でしたけど、皆さんが、お帰りになった後、主人が、こんなことを、溜息交じりに申しました。みんな、もっと、ざっくばらんになって、昔のように、正直に話し合うといいのに、どうして、あんなに、秘密を作ってしまうのかな。主人は、そんなことを、いっていました」

「その時、ご主人が、何のことを、いっているのか、奥さんには、分かりましたか？」

「私には、分かりませんでした。でも、主人は、日本ミステリーの会の会員ですから、どんな問題が、会員の中で起きていたのかは、分かっていたと思いますけど」

「今年の、三月十六日の早朝、石神井公園で、金子修さんが、死体になって発見されました。殺されたのは、前日の三月十五日の夜、その十日前の、三月六日には、崎田幸太郎さんが、行方不明にな

っています。金子さんが、殺された時、ご主人は、何かいっていませんでしたか？」

十津川が、きいた。

「たしかに、主人は、金子修さんが殺されたことが、大きなショックだったらしくて、一日中、暗い顔をしていましたけど、私がきくと、こんなことをいいました。とうとう、こんなことになってしまった。みんなで、もっと、正直に話し合っていたら、こんなことには、ならなかったんだ。主人は、そういったんです。私は、どういうことなのかと、ききました。主人は、話したくないといって、結局、何も教えてくれませんでした。今になっても、その話は、わが家では、タブーになっていて、私のほうから、きくわけにもいかないんですよ」

冬子が、小さく溜息をついた。

十津川と亀井は、冬子と別れると、捜査本部に戻り、十津川が、この話を、三上本部長に報告した。

「秘密の話か。どうも、スッキリしないね。何か、日本ミステリーの会、その中で、君がいったように、十年の間に、大きな秘密が出来てしまった。そのために、会員が殺されたり、行方不明になってしまっている。寺西博の奥さんは、真相を、知っていると思うかね？」

「おそらく、知っているのではないかと、思います。しかし、全部を、知っているのかは、分かりません。日本ミステリーの会、その中で何かが、起きていることには、気づいているが、内容は分からない。おそらく、そんなところでは、ありませんか？　たぶん、これ以上、彼女に質問をしても、真相は、分からないと思います」

十津川が、いった。

「それじゃあ、どうするんだ？」

「これで、日本ミステリーの会の中に、大きな秘密が、生まれてしまって、その秘密を守るためかどうかは、分かりませんが、金子修が殺され、崎田幸太郎が、行方不明になった。これだけは、確信を持って、いうことができます」

と、十津川が、いった。

第五章　女性への疑問

1

十津川は、ここに来てやっと、捜査の糸口を、発見したような気分だった。

亀井も、同じ気持ちだったらしく、十津川と、二人だけになると、

「やはり、事件解決のカギを、握っているのは、行方不明になっている崎田幸太郎と、彼と一緒に、富士急行に乗っていたという、二十代の女性ですね」

「そうなんだ。その二人のうちでも、私は、特に、二十代の女性のほうが、気になるんだよ。彼女のことが分かってくれれば、自然に、捜査の方も進んでいくと思っているんだ」

「どうして、警部は、そう思われるんですか？」

亀井が、期待を込めて、十津川を見た。

十津川は、ポケットから、彼女の似顔絵を取り出して、二人の間に置いた。

「最初、日本ミステリーの会の会員全員が口を揃えて、この似顔絵の女性を、知らないといい、前に会ったことはないと、主張したんだ。ところが、金子修の妻、典子が、全員で知床に行った時、崎田幸太郎が、若い彼女を連れてきていた。典子は、二人の写真を撮ったというんだ。この女性は、スケッチブックを、持っていて、なかなかうまい絵

を描くので、知床のアルバムを作る時、記事を書く夫の金子修に、そのスケッチブックに、描かれた絵を推奨し、また、崎田幸太郎と、この女性の写真を、アルバムに使うように、進言したのだが、金子は、どちらも、採用しなかった。それだけではなく、彼女の写真が載っていたと思われるページを、切り取ってしまったんだ。この取材旅行には、全員が参加しているから、間違いなく全員が、この似顔絵の女を、見たことになる。それなのに、どうして、全員が、彼女を知らないといい、彼女に会ったこともないと主張するのだろうか？　なぜ、彼女の存在を、否定するのか？　カメさんも同じことを、考えているんじゃないのか？」

「そうです。私も、同じことを、考えていました。なぜ、会員たちは、似顔絵の女には会ったこともないし、知らないと、主張しているのか、私も、それが、不思議なので、自分なりに、考えていました」

「それで、答えが、見つかったのかね？」

「私が、最初に考えたのは、彼女が、前科持ちなのではないかということです。その前科も、軽いものではなくて、重いもの、たとえば、殺人です。日本ミステリーの会の会員たちは、そのことを、知っていたのではないでしょうか？　そんな女と、仲間の会員の崎田幸太郎が、妻を亡くして淋しいのは分かるが、どうして、つき合っていて、そのうえ、知床の旅行にまで連れてきたのか？　女の前科が、つき合っていた男がいて、その男を、殺してしまったというような罪だとすると、一般的に考えて、いわゆる悪女ということになります。そんな悪女と、仲間の崎田幸太郎が、どうして、つき合っているのか？　会員たちは、崎田に、こんな女とは、つき合うなと、忠告したのではないでしょうか？　金子修の妻、典子は、そのことを、知らずに、ただ、崎田幸太郎の彼女だということだけで、二人の写真を撮り、それを、アルバムに載せようとしました。また、彼女の描いた遊覧船の絵が素晴らしかったので、夫の金子に、ぜひ、この絵をアルバムに、載せるようにと勧めました。しかし、金子修は、ほかの三人の会員と同じように、崎田幸太郎と、この似顔絵の女がつき合うことに反対だったので、彼女の描いた知床の遊覧船の絵は、使わず、彼女と崎田幸太郎の写真を入れたページを切り取り、捨ててしまいました」

「なるほどね。殺人のような、重い前科のある女か」

「警部は、どう思われますか？」

亀井が、きく。

「私も最初、カメさんと同じように、似顔絵の女には、前科があって、それで、会員たちが、受け入れようとせず、無視しようとしたんじゃないかと、思ったんだ。だがね、似顔絵の女が、過去に殺人を犯したとしても、刑務所に入って、その罪を、つぐなっていれば、法律的には、何の問題もないんだ。それに、彼女を知床の旅行に連れてきた崎田幸太郎は、もちろん、そのことを、承知して連れてきたのだろうから、ほかの四人の会員が、彼女には、前科があるから、ダメだ。絶対に、つき合うなということを、わざわざいうだろうか？知床の旅行は、今から二年前の、三月十五日から十九日だから、男たちは全員が五十歳だし、女性会員の新藤晃子だって、すでに中年といえる年齢だ。前科があるから、そんな女とは、崎田を、つき合わせない。旅行にも、連れてくることを許さない。そのうえ、無視してしまう。はたして、そんな、子供っぽい反応を、するだろうか？　私には、それが疑問なんだ」

「警部だったら、どう考えますか？」

「私だったら、まあ、そうだね、当の崎田幸太郎が好きならば、仕方がないことじゃないかと思うがね。三人の男のことを、考えてみたんだ。金子修は、出版社の編集長をやっている。中野新太郎は、旅行会社の社員だし、寺西博は、中学校の教員だ。みんな中年で、それぞれ、ちゃんとした仕事を持っているんだ。分別のある会員たちが、たとえ、人殺しの前科が、あったとしても、似顔絵の女を拒否するだろうか？　当の崎田幸太郎が、彼女を好きなら仕方がない。そう考えるのが普通じゃないのかな？　その点を、カメさんは、どう考えるんだ？」

「そうですね、以前、私の友人が、妻を亡くして、ヤモメになりましてね。その後に会ったら、自分より二回りくらい若い女性を、連れて現れたんです。調べたら、その女性には、殺人の前科が、あったんです。しかし、その友だちを、別に責めたりはしませんでしたね。その友だちさえよければ、前科があろうとなかろうと、癇癪《かんしゃく》持ちだろうとどうだろうと、そんなことはかまわないと思うんですよ。前科がなくたって、世の中には意地悪な女はいるし、怖い女もたくさんいますからね」

亀井が、笑った。

2

十津川も、うなずいた。

「同感だ。似顔絵の女に前科があるから、彼女のことを、会員たちが無視したり、会ったことはないといったり、知床に行った時に、彼女が写った写真を外してしまったりしたとは思えない。ただ、そうなると、理由が分からなくなってしまうんだよ」

「実は、私も同じです。ただたんに、ムシが好かない。そんな単純な理由ではないとは思います。たんなる好き嫌いだとすると、崎田幸太郎以外の、四人の会員が一致して、彼女を排除するのも、おかしいですから」

「たぶん、崎田幸太郎以外の四人の会員が一致して、この女性のことを、嫌って無視した。前科があること以上に、四人が嫌う理由があったとしか、考えようがない」

「しかし、そんな特別な理由を見つけるのは、難しいですよ」

「二人で、これはと思う理由を、挙げていこうじゃないか」

十津川が、提案した。

「では、警部から先に、考えられる理由を、挙げてみてください」

亀井が、いう。

「私が、次に考えたのは、この女が、水商売の女だったということだ。崎田幸太郎には、ふさわしくないと、会員たちが、彼女のことを、嫌ったのではないか？　そんなことを考えたんだがね」

十津川が、いった。あまり自信のあるいい方ではなかった。

「水商売の女ですか」

「そうだよ。これも、私の勝手な想像なんだがね、十年前に、五人のメンバーで、日本ミステリーの会が作られたんだが、おそらく、その時、会の規則のようなものも、作られたんじゃないだろうか？　誰も、会の規則について、私たちに、教えてくれないがね、その規則の中の一つに、風俗関係の人間は会員にしない。そういう条項が、あるんじゃないのかね。五人の会員のうち、男四人は、いずれも、まともなというういい方はおかしいが、ごく普通のサラリーマンだ。唯一の女性会員である新藤晃子も、水商売には、関係していない。だから、会の規則を作る時に、風俗関係の人間は、会員になることができないという規則を作ったんじゃないだろうか？　それなのに、知床の調査旅行の時、崎田幸太郎が、水商売の女を連れてきた。ほかの四人にしてみれば、崎田幸太郎は、会の規則を、知っているはずなのに、どうして、水商売の女とつき合って、大事な知床旅行に連れてきたのか？　そう思って、腹を立てた。だから、彼女を無視し、排除した。一緒に五日間も旅行したのに、彼女は、旅行に加わっていなかったものとされた。彼女のすべてを、否定してしまったんだ。一度、否定すると、あとは、まるで、彼女が存在しなかったように、振る舞ってきた」

「たしかに、あり得ないことじゃありませんね。そうなると、余計、日本ミステリーの会の会則に目を通してみたくなりますね」

「いったい、誰に会えば、会則を見せてくれるのかな」

事件の解決が、つかないので、十津川は、亀井と、日本ミステリーの会の会員たちに会って、話を聞いている。

寺西博にも会ったし、中野新太郎にも会った。女性会員の新藤晃子にも、である。殺された金子修の妻、金子典子にも会って、話を聞いている。

その時、誰も、日本ミステリーの会の会則について は、話してくれなかった。

だから、もう一度、彼らに会ったとしても、素直に、会の規則について、話してくれたり、見せてくれるという期待は、持てない。

「寺西博に、もう一度会ったらどうでしょうか？　彼は中学校の先生で、妻の冬子も、小学校の先生をやっています。夫婦とも学校の先生ですから、殺人事件の捜査に必要だといえば、むげに、断ったりしないのではありませんか？」

と、亀井が、いった。

十津川も同感で、寺西博と、妻の冬子に会いに、出かけることにした。

夜遅くなってから、寺西に会いに行くと、夫婦とも、自宅に帰っていた。

十津川は、最初から、少し、高飛車に出ることにした。そのほうが、寺西夫妻が、問題の会則について教えてくれるか、会則そのものを、見せてくれるのではないかと、思ったからである。

「私たちは、現在、金子修さんが殺された事件について調べています。殺人事件の捜査です。それで、お二人に、どうしても、協力していただきたいのですよ」

「もちろん、協力しますわ。市民の義務ですものね」

寺西の妻、冬子が、いかにも教師らしいいい方をし、隣にいた寺西も、小さくうなずいた。

「それで、私たちは、どう、協力したらいいんでしょうか？」

寺西が、十津川に、きく。

「第一にお願いしたいのは、寺西さんも参加している、日本ミステリーの会のことについて、教えていただきたいのです。十年前に生まれた時、会則のようなものを、作ったと思うのですよ。書いたものがあれば、見せていただけませんか？」

十津川が、いうと、寺西は、

「会則というようなものは、何もありません」

と、いった。

「しかし、四十二歳の男五人で、最初に日本ミステリーの会を、作ったわけでしょう？　後から、女性の新藤晃子さんが加わった。皆さん、中年で、もの分かりのいい方々ばかりだったと、思います。でも、万一に備えて、会則を作ったと思うんですよ。会則を作っておかないと、後になって、会員が辞める時や、あるいは、新しく会員が、加わる時などに、問題が生まれますからね。本当に、会則はないんですか？」

「きちんとしたものは、ありません」

「どうして、作らなかったんですか？」

寺西は、笑って、

「われわれの会は、あくまでも、自分たちの趣味で作った会で、いってみれば、遊びの会ですから、話し合って、難しい規則なんかは、一切、作らないようにしようと決めたんです。そうした難しい規則がないからこそ、十年間も、続いているんだと思いますね」

「それでは、新しい会員の入会の時は、どうするのですか？　五人のうちの一人が亡くなって、新しい会員を入れる時、規則がないと、入れるかどうかを決めるのが難しいんじゃありませんか？」

「刑事さんは、どんな規則のことを、おっしゃってるのですか？」

寺西が、逆に、聞き返す。

「今回、会員の一人、金子修さんが、亡くなりましたよね？　そんな時、会員の一人が女性を連れてきて、この人は、自分の知り合いだが、われわれの会に入れたいと思う。賛成してくれないかと聞かれたとしましょう。その時、どんな基準で、諾否を決めるんですか？　規則がないと、決められないんじゃありませんか？」

「いや、そんなのは、簡単ですよ。多数決で決めればいいんですよ」

寺西が、答えた。

「それは嘘でしょう」

と、いったのは、亀井だった。

エッというような顔で、寺西が、亀井を見て、

「新しく入会したいという人が、やって来たら、話し合えばいいんですよ、全員で。感じがよければ、入会させればいいし、感じが悪ければ、拒否すればいい。簡単なことじゃありませんか」

「寺西さんは、奥さんに、日本ミステリーの会について、嘆いていたそうじゃありませんか？　会の秘密主義が、ここに来て、会がうまくいかなくなる原因になった。そんなことを、奥さんに、おっしゃったんじゃありませんか？」

十津川が、いうと、寺西は、じろりと、隣にいる妻の冬子を睨《にら》んで、

「そんなことを、刑事さんに、いったのか？」

「だって、ときどき、そういって、嘆いていたじゃありませんか？　だから、私は、それを、刑事さんに、お話ししただけですよ」

冬子も、負けずに、いい返した。

十津川は、改まった口調で、寺西に向かって、

「私たちが捜査をしているのは、ただの事件ではなくて、殺人事件なんですよ。それも、あなた方が作った、日本ミステリーの会の会員の一人であ

る、金子修さんが、殺された事件なんです。お仲間が殺されたんですよ。なんとかして、事件を解決したいとは、思わないのですか?」

「もちろん、一日も早く、事件が解決してほしいと、思っていますよ」

と、寺西が、いった。

「それなら、協力してください。犯人は誰かといったことは、お聞きしません。会のことを、正直に、話してくだされればいいんですよ」

十津川が、いったが、寺西は黙っている。妻の冬子が、

「私たちは、公務員なんですよ。警察の皆さんに、協力するのが、本当じゃありません?」

と、夫に、いった。十津川は、それに力を得て、

「別に、難しいことを聞いているわけじゃないですよ。会の規則は、絶対にあると思うのですよ。ないと、かえって、おかしいですから。それを、見せていただきたいと、お願いしているんですが、駄目ですか?」

「会則は、たしかにありますが、今、どこにあるのか分かりません。刑事さんが、具体的に、聞いてくれれば、答えますよ」

寺西が、いった。

「それでは、お聞きしますが、知りたいのは、入会の条件なんですよ。入会希望の人が現れた時、どういう条件にかなえば、入会させるのかということです。たとえば、前科は、どうですか? 前科がある人は、入会の資格なしということが、規則の中にありますか?」

十津川が、きいた。

「それはありませんよ。きちんと刑期を務めた人に対して、前科があるから、入会させないという、

そんな規則は作っていません」

「それでは、新しい入会希望者に対して、拒否する場合は、どんなケースなのか、それを、教えてもらえませんか？」

「会員の過半数が、拒否した場合は、入会は認めない、という規則があります。しかし、来る者は拒まずが、会の原則ですから、よほどのことがなければ、入会を認めることにしています」

と、寺西が、いった。

「皆さんは、日本各地に旅行して、アルバムを作って、発表されたりしていました。知床、秋吉台、沖縄と、会員の皆さんは、それぞれ一週間くらいの予定で旅行されるわけでしょう？　もし、その旅行に、会員の一人が、同伴者を連れていきたいといった時、許されるんですか？」

「私は、そんな申告を、したことはありませんけどね」

と、寺西が、いう。

十津川は、笑って、

「寺西さん個人のことを、お聞きしているんじゃありません。知床に行った時、金子修さんは、奥さんの典子さんを、連れて行ったそうですが、この時は、同伴が許されたと聞きましたが、問題はなかったのですか？」

「会則では、同伴者は、一人だけ許可されるということに、なっていますから、金子さんの奥さんが、一緒に旅行しても、ほかの会員が、何の文句もいわなかったのは、当たり前なんですよ」

と、寺西が、いった。

「それじゃあ、次の旅行の時には、私も、行くわ」

冬子が、笑顔で、いった。

「知床への旅行の時ですが、現在、行方不明になっている、崎田幸太郎さんも、若い女性を、連れてきたんじゃありませんか？」

「いや、知床旅行の時には、会員以外で、参加したのは、金子さんの、奥さん一人だけですよ。ほかには、誰も、参加していません」

と、寺西が、いう。

（またか）

と、十津川は、思いながら、

「寺西さん、もう、嘘をつくのは、やめようじゃありませんか？　捜査に協力すると、さっき、いったばかりじゃありませんか？　知床旅行の時、崎田幸太郎さんが、若い女性を、連れてきたことは、あの旅行に、同行した金子修さんの奥さん、典子さんが、はっきりと、認めているんですよ。その上、典子さんは、崎田幸太郎さんと、その若い女性の二人が、一緒にいるところを、写真に撮ったし、女性が描いた絵が上手だったとも、いっているんです」

寺西は、また、黙ってしまった。

妻の冬子が、

「あなた」

と、小声で、いい、いったん、夫の寺西を連れて、奥へ消えた。

十津川たちが、待っていると、二、三分して、二人が戻ってきた。

その後で、寺西は、

「今のことは、捜査に、どうしても必要なんですか？」

「ええ、もちろん、必要ですし、今度の事件の解決の糸口になると、思っているのです。ですから、なんとしても、話していただきたい」

十津川が、詰め寄った。

「分かりました」

と、寺西が、うなずいた。

「刑事さんが、おっしゃるように、二年前の三月に、知床に行った時、崎田さんが、若い女性を、連れてきましたよ。彼女を知床の旅行にぜひ、連れて行きたいと、いいましてね」

「知床旅行の五日間、その女性は、皆さんに、ずっと同行していたんですね？」

亀井が、きいた。

「そうです」

「その女性ですが」

と、十津川は、いい、ポケットから、似顔絵を取り出して、寺西の前に置いた。

「この女性に、間違いありませんか？」

「そうです。この女性ですよ」

寺西が、あっさりと、認めた。

「しかし、前に、皆さんにきいた時には、どなたもが、こんな女性は、知らない。会ったことはないと、いったじゃありませんか？　それから今も、寺西さんは、知床旅行の時には、金子修さんの妻、典子さん以外には、会員たちと一緒に行った者はいないと、否定したじゃありませんか？　どうして、皆さんは、この女性のことを、否定するのですか？」

「申し訳ありませんが、その理由は、いえません」

寺西は、また、硬い表情に、なってしまった。

「どうしてですか？」

十津川が、きく。

「それは、われわれ全員が話し合って、決めたんですよ。彼女については、これからは、何もしゃべらない。取材旅行に、同行したことも認めない。知床旅行の時には、一応、五日間、一緒に、旅行しましたが、帰京してから、私たちは、崎田さんに、彼女を、これからは、会の旅行に連れてこないでほしい。二人がつき合うのは勝手だが、日本ミステリーの会としては、認めない。そう、みんなで決めたんです。しかし、その理由は、申し上げられないのです。残念ですが」

「こちらは、どうしても、知りたいのですが、駄目ですか？」

「今もいったように、全員で決めたんですよ。絶対に、彼女のことは、しゃべるまい。一緒に、旅に行ったことも認めない。亡くなった金子さんも含めて、全員で、決めたんです。ですから、申し訳ありませんが、彼女については、何も、お話しできないのですよ」

寺西が、頑固に、いった。

「彼女のことが、明らかになると、会員の中で、また、金子修さんが、殺されたような悲劇が起こる。そう、思っているわけですか？」

十津川が、きいたが、この質問には、寺西は、答えようとしなかった。

「金子修さんが、どうして殺されたのか、寺西さんには、何か、心当たりはありませんか？」

十津川が、質問を変えたが、

「まったく、ありません」

相変わらず、素っ気ない調子で、寺西が、答える。

「会員の崎田幸太郎さんが、現在、行方不明になっていますよね？　ひょっとして、ほかの会員の方は、崎田幸太郎さんが、今、どこにいるのか、知っているんじゃありませんか？」

十津川が、きいた。

「いや、知りませんよ。知っていれば、すぐ連れ戻しに、行きますよ。みんな、彼のことを心配しているんですから」

これは、まっすぐに、十津川を見て、寺西が、いった。

「皆さんは、十年間一緒に、日本ミステリーの会を、やってきました。その間には、もちろん、いろいろなことが、あっただろうと思いますが、それでも、五人の会員が十年間も、ずっとやってきました。会は、どうして、続いたのか、いったい、何が決め手だったんですか？」

亀井が、きくと、やっと寺西が、微笑した。

「たしかに、私自身も、よく十年も続いたものだなと、感心しているんですよ。最近になって、少しばかり、心配になって、家内にも、話したりするんですがね。そうですね、続いた理由で、最初に頭に浮かぶのは、お互いが、お互いを認め合っていて、無理な注文を、出さなかった。それが第一じゃないでしょうかね？　誰か一人が、無理な注文を出して、それが、受け入れられてしまうと、ほかの者も、それに輪をかけたような、無理な注文をするから、結局、会の結束が崩れてしまう。われわれには、今まで、そういうことがなかったんですよ」

「その十年間に、奥さんが、亡くなったのは、崎田幸太郎さんだけですか？」

と、十津川が、きいた。

「そうですね、たしかに、崎田幸太郎さんだけじゃないかな？」

「それが、二年前ですね？」

「そうです。二年前ですよ」

「その後ですが、ほかの、四人の方が、崎田幸太郎さんに、後添えを、迎えるように、勧めたことはないんですか？　四人の方が、これはという女性を、見つけてきて、崎田さんに、紹介したというようなことは、ありませんでしたか？　お見合いを、勧めたことが、あったんじゃありませんか？」

「両方ともありませんでしたよ。たしかに、ほかの四人は、崎田さんが、奥さんを亡くしてしまったので、そのことで、彼が精神的に、落ち込まなければいいがとか、早く立ち直ってくれればいいなとか、思いましたね。二年目になると、もう、そろそろ、新しい奥さんを迎えればいいのにと、思ったりしたものです」

「崎田さんは、そういう時には、どうしていたのですか？」

「いや、いつも、元気だったから、こちらも、結局、心配はしていませんでしたけどね」

「崎田さんが、奥さんを亡くしてすぐの時に、全員で知床に行きました。その時に、崎田幸太郎さんが、若い女性を、連れてきたわけですね？　その女性を見て、皆さんは、どう思ったんですか？　崎田さんよりも、二回りぐらい若い女性だったので、心配しましたか？　それとも、崎田さんが、こんな二回りも若い女性を見つけたことに、腹を立てていましたか？」

十津川が、きくと、寺西は、また、しゃべるのを、やめてしまった。そんな寺西の様子を見ながら、

（どうも、やはり、似顔絵の女は、会員たちにとって、タブーらしい）

と、十津川は、思わざるを、得なかった。

「どうしても、この女性について、しゃべってはいただけないわけですね？」

「ええ、そのことについては、みんなで誓いましたから」

寺西は、同じ言葉を繰り返す。

「もう、彼女については、きくのを、やめます」

十津川は、寺西にいってから、

「二年前の、知床旅行の時に初めて、崎田さんは、この若い女性を、連れてきたわけでしょう？　ほかの旅行の時にも、崎田さんは、女性を、連れてきましたか？　詳しい説明はしていただかなくても、結構ですから、ほかの旅行の時にも、連れてきたのかどうか、イエスかノーかで、答えてくだされぱいいですよ」

十津川は、いった。

「いや、知床旅行以外の時には、崎田さんは、誰も、連れてきていませんよ。一人で、参加していました」

「それは、崎田さんが女性を連れてくると、ほかの皆さんが、イヤな顔をしたからではありませんか？」

「それは、われわれには、分かりません。本人に、聞いてください」

と、寺西が、いう。

「本人というと、崎田さんですか？　それとも、この女性ですか？」

十津川が、きいた。

「どちらでもいいですよ。二人に、聞いてくだされぱいいですよ。われわれは、話しませんから」

と、寺西が、いった。

どうやら、似顔絵の女については、何もしゃべるまいと、会員たちが、決めたというのは、本当らしい。

仕方なく、十津川は、寺西に向かって、

「もし、話してもいいという心境になったら、すぐに電話をください」

と、いい、自分の携帯の電話番号を教えてから、寺西夫妻と、別れることにした。

3

翌日、二人が、向かったのは、新藤晃子のマンションだった。

晃子からは話をきいたばかりだが、もうひと押しすれば、彼女は、何かをしゃべってくれるのではないかと、思ったから、再度、訪ねてみることにしたのである。

十津川と亀井が、覆面パトカーで、新藤晃子の住むマンションの近くまで行った時、彼女が、ちょうど、マンションから出てくるのにぶつかった。

二人は、慌てて車の中で、体を沈めた。

新藤晃子は、マンションの前で、タクシーを停めている。

晃子が、乗り込んで、タクシーが、走り出した。

十津川は、尾行することにした。

晃子を乗せたタクシーの行き先は、ＪＲの新宿駅だった。晃子は、タクシーを降り、新宿駅の中に、入っていく。

十津川たちも、駅前に、覆面パトカーを停め、晃子に続いて、新宿駅の中に入っていった。

晃子が乗ったのは、中央本線の列車だった。同じ列車の隣の車両に、乗る。

「晃子は、大月まで行って、大月から、例のフジサン特急で、河口湖まで、行くつもりですかね？」

と、亀井が、いう。

「その可能性が強いね。中央線に乗ったから、行き先はたぶん、大月だよ」

十津川も、同意した。

二人が予想したとおり、晃子は、大月駅で列車を降りた。

二人は、晃子の跡をつけながら、彼女の服装が、気になった。

帽子をかぶり、スニーカーを履き、ジーパン姿で、小さなリュックを、背負っている。完全に、旅行の支度である。

どうやら、急に、誰かに呼ばれて、どこかに行くというのではなくて、これから、晃子のほうからどこかに行って、誰かに、会うつもりなのかもしれない。

予想どおり、晃子は、富士急行のフジサン特急に乗った。三両編成の、先頭車両である。

十津川たちは、顔を知られているので、二両目に乗って、ときどき、先頭車両を、見に行くことにした。

列車が大月駅を、出るとすぐ、晃子は、どこかに、携帯電話をかけ始めた。かなり長い時間、晃子は、誰かと、盛んにしゃべっている。

その顔は、真剣だった。

フジサン特急が、スイッチバックの、富士吉田駅に、着く頃になると、晃子はまた、携帯をかけ始めた。

次が、終点の、河口湖駅である。

フジサン特急は、河口湖駅に着いたが、まだ、晃子は携帯をかけ続けていて、ホームに降り、改札口に向かって、歩きながらも、まだ、誰かと話していた。

二人は、そんな晃子を尾行しながら、

「いやに熱心に、電話していますすね。誰と話をしているんですかね?」

と、亀井が、いった。

「たぶん、誰かと、どこかで、待ち合わせをしているんだ。その誰かに、念を押しているんだろう」

と、十津川が、いった。

「そうだとすると、この河口湖駅に、迎えの人間が、来ているかもしれませんね」

二人は、そう考えて、晃子との距離を、少し開けた。

晃子が、改札を出る。

しかし、誰も、晃子を、迎えには、来ていなかった。


晃子は、駅前の小さな食堂に入り、昼食を、とり始めた。

十津川たちも、同じ店に入り、離れたテーブルで、こちらも、昼食を、とることにした。

今日は、土曜日である。それに、天気もいい。そのせいか、フジサン特急の車内も、混んでいたし、この食堂も、混んでいる。尾行している十津川たちにとっては、そのほうが都合がよかった。

(新藤晃子は、この食堂で、誰かと、落ち合うつもりなのか?)

十津川は、思ったが、誰も現れず、食事を済ませると、晃子は、店を出ていった。

その後、晃子が、向かったのは、河口湖の湖畔にある、真新しいホテルだった。

十津川たちは、わざと少し間をおいて、そのホテルに入ると、フロントマンに、警察手帳を見せ

て、

「今、こちらに、入った女性ですがね、何号室に、入ったのか教えてもらえませんか？」

「五〇五号室です。湖に面したお部屋を、ご希望でしたので、そちらのお部屋に、ご案内しました」

フロント係が、いった。

宿泊者名簿を、見せてもらうと、そこにあったのは、新藤晃子の名前ではなくて、崎田めぐみという、名前だった。

それは、行方不明になっている崎田幸太郎の、娘の名前である。

フロント係に聞いてみると、昨日、崎田めぐみの名前で、部屋を、予約したという。そして、今日、土曜日から月曜日まで、二泊三日の、予定が記入されていた。


十津川たちは、一階の、ホテルの出入り口に近い、一〇一号室にチェック・インした。そのほうが、新藤晃子が、外出する時に、尾行しやすいと、考えたのだ。

フロント係には、もし、彼女が、外出しようとしたら、すぐ知らせてくれと、頼んでおいた。

翌朝、九時ちょうどに、フロントから電話があった。

「五〇五号室のお客様が、今、外出なさるところです」

という連絡だった。

二人はすぐ、一階の部屋を出た。

フロントのところで、新藤晃子が、フロント係と、話している。すぐに、ホテルを出ないところを見ると、タクシーを、呼んでもらっているのだろうか？

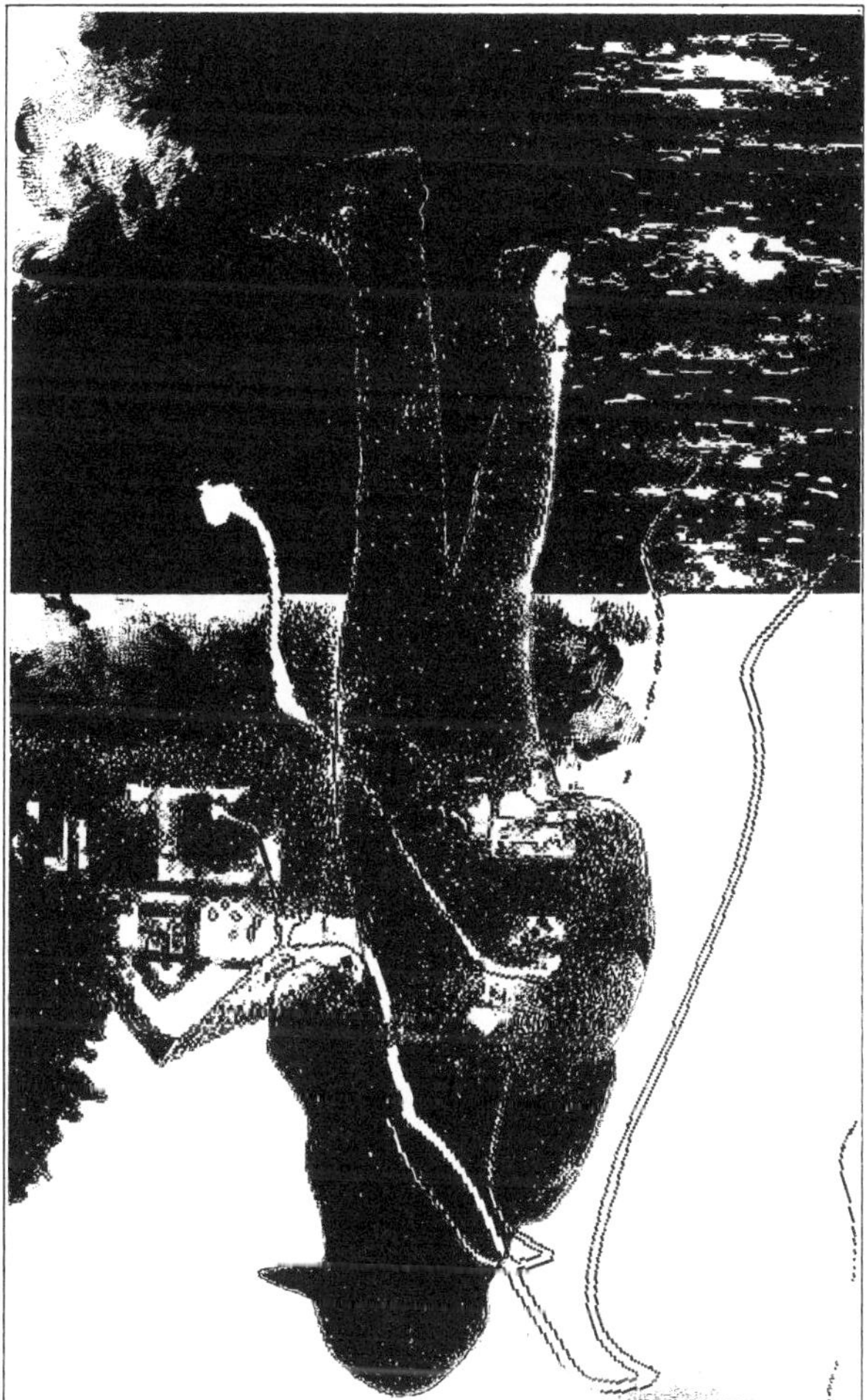

そのうちに、晃子が、急に、ホテルを出ていった。

二人が、後を追うと、ホテルの前でタクシーに、乗り込むところだった。想像したとおり、晃子は、フロントで、タクシーを呼んでもらったのだ。

こちらが、今からタクシーを呼んでもらっても、間に合わない。十津川は、走り去ったタクシーのナンバーと、タクシー会社の名前を、手帳に書き留めた。後から調べるつもりである。

十津川が、手帳に書き留めたのは、河口湖タクシーで、ナンバーは二八六。

十津川は、ホテルのフロントで、タクシー会社の、営業所の場所を聞き、そこに、向かうことにした。

駅前にある、タクシーの営業所だった。

そこに行き、営業所長に会って、ここでも、警察手帳を見せ、ナンバー二八六のタクシーから何か、連絡が入ったら、教えてくれるように頼んだ。

四十分ほどして、その、二八六号車から、営業所に、連絡が入った。

今、客を降ろしたところだという。

「すぐ、こちらに戻ってきてくれ」

営業所長が、運転手に、命令した。

二八六号車が、営業所に、戻ってきたところで、十津川が、運転手に質問した。

「女性を乗せて、どこまで、行ったのか、その場所まで、われわれを、乗せていってくれませんか？」

中年の運転手は、十津川たちを乗せて、湖岸に向かった。

新藤晃子を運んだのは、河口湖の反対側のペンションの前だと、運転手が、いった。

「タクシーの中で、彼女は、何か、いっていましたか？」

十津川が、きくと、運転手は、

「私に地図を見せて、このペンションまで、行ってほしいと、いっただけですよ。向こうに、着くまで、携帯をかけていらっしゃいましたね」

「携帯で、どんな話を、していたか、分かりますか？」

亀井が、きいた。

「会話の声は、切れ切れにしか、聞こえませんでしたけど、とにかく、会って話をしたい。そんなことを、繰り返していましたよ。向こうに好きな男がいて、とにかく、会ってほしいといって、口説いているような、そんな感じでしたがね」

運転手が、笑った。


河口湖の湖畔には、ところどころに、ホテルやペンションが建ち、湖面には、ボートが、浮かんでいたりする。

四十分ほど走って、ペンションの前に着いた。小さいが、外壁が白く塗られた、洒落たペンションである。

十津川たちは、ペンションを、行きすぎたところで、車を停めてもらった。

二人は、タクシーから降りると、ペンションに、目をやった。ペンションの横には、車が十二、三台停められるぐらいの、駐車場がついていた。

今日は、日曜日なので、そこには、七、八台の自家用車が停まっていて、ナンバーは東京や、大阪といった、大都市のナンバーが多かった。

「ここで、いったい、誰が、待っているんでしょうかね？」

亀井が、小声で、いう。

「運転手の話では、ここに来るまでの間に、晃子は、携帯をかけていたというから、相手は男じゃないかな」

「それに、晃子の会話は、会って話がしたいと、運転手にいわせると、口説いているような感じだったということですからね。現在、晃子は、独身ですから、好きな男と、ここで会う約束をしているのでしょうか？」

「かもしれないな」

「だとすると、収穫は、あまり、なさそうですね」

亀井が、いった。

たしかに、晃子が、個人的に、好きな男と、ここで会うとすれば、事件の解決には、何の役にも、立ちそうにない。

眼の前のペンションに入った晃子は、なかなか出てこなかった。こうなると、後は持久戦である。

午後六時すぎになって、やっと、晃子が、出てきた。

ここでもタクシーを迎えに来させたらしく、やってきたタクシーに乗り込むと、走り去っていった。

ペンションの前には、晃子を送りに出てきた者がいないので、中に誰が泊まっているのか、まったく分からない。

「新藤晃子の彼氏が、泊まっているのではないようだね？」

十津川が、いった。

ここで、会った相手が恋人なら、送りに出てきているはずだからである。

しばらく、時間を置いてから、二人は、ペンシヨンに入っていった。

十津川は、ここでも、フロント係に、警察手帳を見せてから、

「われわれのことは、内密に、しておいていただきたいのですが、さっき、女性が、タクシーを呼んで、どこかに、行きましたよね？」

十津川が、いい、新藤晃子の顔立ちを説明した。

「その女性は、ここに泊まっている誰かと会うために、来たと思うんですが、その相手が誰だか、分かりませんか？」

「その方なら、二日前から、泊まっていらっしゃる金子修さんという、五十代の男性の方ですよ」

フロント係が、いった。

思わず、十津川は、亀井と、顔を見合わせてしまった。

金子修は、すでに死んでいる。いや、殺されている。誰かが、金子修の名前を騙《かた》って、二日前から、ここに泊まっているのだ。

十津川は、その男の顔立ちや、背の高さなどをきいた。

若いフロント係が、その金子修を名乗る男の容貌や、背格好を、説明してくれた。

それを聞いて、十津川たちは、また、顔を見合わせた。

明らかに、その男は、崎田幸太郎なのである。ほかに、考えようがなかった。

「そのお客ですが、二日前から、泊まっているといわれましたね？　一人で、泊まっているんですか？」

十津川が、きいた。

「ええ、二日前に、一人で、いらっしゃいましたが、ときどき、ウチに置いてある自転車に乗って、

外出なさっていらっしゃいますよ」

「どこに、行っているんですか？」

「行き先は、お聞きしてはいませんが、おそらく、自転車で、湖畔をサイクリングされているんじゃありませんか？」

と、フロント係が、いった。

たぶん、崎田幸太郎は、ここに泊まり、自転車を走らせて、どこかで、誰かに会っているに違いない。相手はたぶん、あの似顔絵の女だろう。

「その男性客ですが、いつまで、泊まる予定になっていますか？」

「今のところ、一週間の予定だとおっしゃっていますか？」

「いつも、自転車で、外出するといわれましたが、だいたい、何時頃に、出かけるのですか？」

「ここは八時に、朝食なんですが、朝食が済むと
すぐ、自転車で、外出なさるんです」

十津川は、明朝、自転車で、外出するという崎田幸太郎を、尾行することにした。こちらも、自転車でも、いいのだが、そうすると見つかりやすい。

そこで、駅前まで戻り、レンタカー会社の営業所で、軽自動車を借りた。

いったん、十津川たちは、湖畔のホテルに戻り、翌朝、レンタカーで湖の反対側にあるペンションまで行くと、車の中で、崎田幸太郎が、出てくるのを待った。

八時半、問題の男が、出てきた。

やはり、崎田幸太郎だった。

崎田幸太郎は、ペンションを出ると、自転車で、湖畔を走り出した。

それを、十津川たちが、尾行する。

崎田幸太郎が、会おうとしているのは、まず間違いなく、フジサン特急の中で一緒だった、あの女に、違いない。

第六章　許す女

1

自転車に乗った崎田幸太郎が向かったのは、青木ヶ原樹海の入口にある、例の管理事務所だった。

そこには、小さいが、喫茶コーナーがある。

崎田は、自転車を降りると、そこに入っていった。

十津川は、車の中から、単眼鏡を取り出して、眼にあてた。

「崎田幸太郎は、今、女と話をしている」

「フジサン特急に乗っていた女ですか？」

そばから、亀井が、きく。

「こちらからは、背中しか見えないから、はっきりとは分からないね。二十代には見えるから、たぶん、問題の女だろう」

「二人を逮捕しますか？」

亀井が、性急な感じで、十津川に、きく。

「逮捕して、どうするんだ？」

「そうですね、金子修殺しに関与していないかどうか、なぜ、問題の女が、会員たちから、拒否されているのか、もちろん、女性の身元も、確認したいですが」

「それは、拒否されるよ。今のところ、崎田幸太郎と、問題の女が、金子修殺しに関係しているかどうか、分からないし、逮捕令状が、取れるわけでもない」

十津川は、冷静な口調で、いった。

「それでは、このまま、見逃しますか？」

「私には、別な不安があるんだ」

「どんなことですか？」

「最初、崎田幸太郎が、一人で青木ヶ原の樹海に行ったのは、日本ミステリーの会が、次に、取材に行く場所を、事前に調べに行ったのだと、思っていたんだよ。ほかの会員たちも、それらしいことをいっていたからね」

「私も、そうだと、思っていますが」

「しかし、ひょっとすると、崎田幸太郎は、問題の女と二人で、心中の場所として、青木ヶ原の樹海を選んだのではないだろうか？　崎田は、どうしても、女を道連れにしたくなくて、女だけを、先に帰して、一人だけで、青木ヶ原の樹海に、入っていったのではないだろうか？　しかし、どうしても、死に切れずに、戻ってきた。われわれが今、二人を捕まえようとしたら、二人は、絶望して、青木ヶ原の樹海に飛び込んでしまうかもしれない。それが、怖いんだ」

「そんなことになるでしょうか？」

「だから、ひょっとして、といっている」

「じゃあ、どうするんですか？」

亀井が、不満そうに、十津川を見た。

そのうちに、喫茶コーナーから、二人が出てきた。

女は、正面から見ると、やはり問題の女だと分かったが、彼女も、自転車でここに来ていたらしく、崎田幸太郎と二人で、自転車に乗って、どこかに、出発した。

青木ヶ原樹海とは反対の、河口湖に向かって行

「すぐ追いかけましょう」

亀井が、叫ぶように、いう。

「いや、青木ヶ原の樹海とは反対のほうに向かっているから、今のところ、あの二人には死ぬ気はないらしい。だから、放っておいても大丈夫だ」

「しかし、このままだと、何も、解決しませんよ」

「分かった。それでは、行先だけ確認しよう」

と、十津川が、いった。

亀井の運転で、レンタカーは、自転車に乗った二人を、追いかけることになった。

二人が戻ったのは、河口湖の湖畔にある、崎田幸太郎が、泊まっているペンションだった。

「二人が自転車を降りて、ペンションに入っていく。

それを、確認してから、十津川は、携帯を取り出すと、三田村と北条早苗の二人を呼んだ。

電話が終わると、亀井が、首を傾げて、十津川に、

「三田村と北条の二人を呼んで、どうするつもりですか？」

「私たちと、交代して、崎田幸太郎と問題の女の二人を、監視してもらうんだ。もちろん、逮捕するつもりはない」

「逮捕しないのに、どうして、監視するのですか？」

「二人が死ぬのを、防いでもらうためだ。それには、北条刑事のような女性刑事のほうが、適任だからね。われわれは、東京に戻る」

「東京に戻って、それから、どうするのですか？」

「それは、東京に戻る途中で、説明する」

2

三田村と北条早苗が到着すると、後のことを頼んで、十津川は亀井と、中央本線で、東京に帰ることにした。

その車内で、十津川が、自分の考えを説明した。

「私は、なぜ、崎田幸太郎以外の四人の会員が、問題の女のことを、あれほどまでに拒否したのか、その理由を、ずっと、考えていたんだ。二年前に、崎田幸太郎の奥さんが死んでいる。つまり、二年前、崎田幸太郎は、ヤモメになった。その直後に、知床に取材をするために、全員で出かけた。その時に、彼女を、崎田幸太郎が、連れてきたのだが、そのことに、どうして、ほかの四人があれだけ強く反発したのか、そこが、私には、分からなかった。普通に考えれば、奥さんを、病気で亡くした中年の男が、新しい女性を見つけて、一緒に、旅行に出かけたって、いっこうにかまわないだろう。いったい、何が悪いのか？　むしろ、おめでとうといって祝福するべきだ。それなのに、どうして、あれほどまでに、反対をしたのか？　カメさんは、どう思う？」

「そうですね、二つの理由が、考えられると思います」

「それを、いってみてくれ」

「一つは、崎田幸太郎が、つき合い始めた女が、あまりにも、若いということです。問題の女が、二十代だとすると、二回りも若いことになります。それでは、うまくいくはずがないと思って、反対したのではないでしょうか？」

「二つめは？」

「崎田幸太郎の奥さんは、二年前に、病気で死んでいます。その直後に、知床の取材旅行があって、崎田幸太郎が、若い女を、連れてきました。いくら独りになったといっても、奥さんが死んですぐというのは、あまりに、不謹慎ではないのか？　そう思った仲間たちは、反対した。今考えられる理由は、この二つしかありません」

「違うな」

十津川は、一言の下に、切り捨てた。

「違いますか？」

「ああ、違うよ。いいか、カメさん、現在、日本ミステリーの会の、残った男の会員たちは、全員五十二歳だ。平均寿命が長くなった現在では、とても老人とはいえない年齢だよ。問題の女が、二十代だったとしても、現在の社会で、五十二歳の男が、二十代の女性と付き合っても、昔のように、非難はされないよ。むしろ、羨《うらや》ましがられるだろう。それに、奥さんが死んですぐに、ほかの女と、つき合い始めても、友人たちは、不謹慎ではないかと思っても、激しく拒否することは、ないだろう。それなのに、知床に取材旅行に行った時、会員たちは、問題の女が同行したことさえ、否定しているんだ。その上、金子修は、奥さんが撮った崎田幸太郎と、問題の女の写真を、わざわざ、そのページだけ切り取ってしまっている。普通なら、これほどの拒否や否定はしないはずだ。むしろ、奥さんを失って失意の底にある崎田幸太郎が、若い女を、連れてきたのを見て、ホッとするのじゃないか。特に、男の仲間というのは、そんなものだよ」

「それでは、警部は、どんな理由があると、考えておられるんですか?」

「実は、ひとつだけ、考えていることがある。それをこれから、東京に戻って証明したいと思っているが、あるいは、私のこの想像は間違っているのかもしれない。それが、少しばかり、心配なんだがね」

十津川は、東京の捜査本部に戻ると、崎田幸太郎の、病死した妻、光江《みつえ》について調べてみることにした。

亡くなった時、光江は四十歳、夫の崎田幸太郎とは、十歳の歳の差が、あった。

部下の刑事たちに向かって、十津川は、

「崎田幸太郎の妻、崎田光江が、親しくしていた女友だちを、探してほしいんだ。崎田光江は、東京のR女子短大を、卒業している。旧姓は、今西《いまにし》光江だ。なんとかして、R女子短大時代に親しかった女友だちで、卒業後もつき合っていた女友だちを、探してほしい。大至急にだ」

翌日、刑事たちは、三人の該当者を見つけてきたが、十津川は、その中から、古木加奈子《ふるきかなこ》という女性を選んで、亀井と二人で会いに行くことにした。

古木加奈子は、二十五歳の時に結婚したが、三十歳で、離婚し、その後、水商売に入っている。現在、六本木のクラブのママである。

十津川が、三人の該当者の中から、古木加奈子を選んだのは、ほかの二人の同窓生のように、平凡に結婚して、子どもに恵まれている家庭の主婦よりも、離婚をして、水商売をやっている古木加奈子のほうが、話しにくいことでも、しゃべってくれるだろうと読んだからである。

夜になってから、十津川と亀井は、六本木の

「加奈子」というクラブに出かけていった。

小さな店である。

二人が店に行った時は、幸い、ほかには客がいなかった。

カウンターに腰を下ろし、ビールを注文してから、十津川が、古木加奈子に、警察手帳を見せた。

「二年前に病死した崎田光江さん、旧姓今西光江さんのことなんですが、ママは彼女と短大で一緒でしたね？」

「ええ、短大時代、彼女とは、仲が良かったですよ」

古木加奈子は、少しばかり、警戒するような目になっていた。

「崎田光江さんが、二年前に亡くなった時のことは、覚えていますか？」

「ええ、よく、覚えていますけど」

「それじゃあ、その時のことを話してもらえませんか？　こちらとしては、病死したとしか分からないので、詳しいことを、知りたいのですよ」

「申し訳ありませんけど、お話ししたくありませんわ」

急に、古木加奈子の態度が、変わった。

「やっぱりね」

十津川が、うなずくと、加奈子は、ますます眉を寄せて、

「何が、やっぱりなんですか？」

声が、尖《とが》っている。

「崎田光江さんが、病死した。そのことに、何か、あるんじゃないかと、そう思っていましたからね。やっぱり、何か、わけありなんですね？」

「いえ、何も、ありませんよ」

「彼女が亡くなった後、殺人事件が発生している

んですよ。私たちは、その殺人事件を、捜査しているので、ママさんからも、いろいろと、お話をお伺いしたいのです」

「やっぱり」

　今度は、加奈子のほうが、同じ言葉をつぶやいた。

「やっぱりですか？」

　十津川が、笑った。

「やっぱり、光江のご主人が、殺されたんでしょう？　そうなるんじゃないかと、思っていたんですよ」

　加奈子が、ひとりで肯いている。

「どうして、光江さんのご主人、崎田幸太郎さんが、殺されたと思ったんですか？」

「違うんですか？」

「殺されたのは、崎田幸太郎の、仲のいい友だちなんですよ。崎田幸太郎さんの方は、このままでは、自殺するかもしれません。私としては、それを、防ぎたいのです」

「自殺したいのなら、すればいいじゃないかと、思いますけど」

　冷たいいい方だった。

「やっぱり、何か、あったんですね？　光江さんの二年前の病死は、ただの病死では、なかったんだ？」

　加奈子が、黙っていると、十津川は、

「そうですか。病死ということに、なっているが、本当は、自殺したんじゃありませんか？」

「それは、分かりませんけど、私は、自殺と、同じだと思っていますよ」

「自殺の原因は、夫の崎田幸太郎の、浮気ですか？　でも、崎田夫妻には、娘さんもいるじゃありませんか？　それなのに、どうして、崎田幸太郎は、浮気なんか、したんですかね？　妻の光江さんに、何か不満なところでもあったんでしょうか？」

十津川が、いうと、急に、加奈子は、目をそらせて、

「だから、光江が、可哀想なの」

「光江さんというのは、どういう女性だったんですか？」

亀井が、きいた。

「私なんかとは違って、彼女は優しい性格で、尽くすほうのタイプなんです。私は、尽くすよりも、尽くしてもらうほうが好きだから、結婚したとたんに、離婚してしまったけれど、彼女は、どんな男とだって、うまくいくはずだったんですよ。娘さんが生まれて、彼女が、たしか大学二年生の時に、光江は亡くなっちゃうんだけど、それまで、私は、同窓生の中で、彼女が、いちばんいい家庭人になって、幸福になると、思っていましたわ。それなのに、ご主人に、裏切られてしまって」

「今、裏切られたとおっしゃいましたが、どんなふうに、光江さんは、裏切られたんですか？」

「彼女のご主人、崎田幸太郎さんは、たしか、光江が亡くなった二年前には、大手のM製薬の部長に、なったんです。光江は、とても喜んでいました。だって、大手の一流企業の、部長さんですものね。そうしたら、ある日、崎田さんが、二十代の若い女性を、家に連れてきたんですって。部長になると、秘書が一人、つく。その女性秘書を、連れてきて、奥さんの光江に、紹介したんですよ。名前は、忘れてしまったけど、二十代のなかなかの美人で、光江が信用したのは、その女性が、た

またま私たちと同じ、R女子短大の出身で、いわば、私たちの後輩だと知ったからなの。光江は、短大時代に、コーラス部にいて、彼女が部長になった時、東京都の大会で、優勝したことがあるんですよ。崎田さんが、家に連れてきた女性秘書は、その時、光江に向かって、自分も同じ短大時代に、コーラスをやっていて、先輩のあなたが、リーダーだった時に、東京都の大会で、優勝したので、尊敬していますといったらしいの。それで、すっかり、光江は、その女性に、気を許してしまったんですよ。夫の崎田さんが、ときどき、その女性秘書を、家に連れてきても、まったく、疑わなかったんです。実際には、崎田さんは、光江を安心させておいて、その裏で、その女性秘書と、男女の関係を、持っていたんですから。それだけじゃないんですよ。光江が、用があって、家を留守にしていた時なんか、崎田さんは、その女性秘書を家に連れてきて、関係を持っていたんですって。ひどいじゃないですか。それなのに、光江ったら、ずっと崎田さんのことも、女性秘書のことも、信用していたんですよ。それが、裏切られたと分かった時は、もう、どうしようもなくなってしまって、私は、そんなご主人とは、もうサッサと別れなさいと、彼女にいったんですけど、娘さんのこともあって、別れられなくて、別れる代わりに、ある時、突然、睡眠薬を飲んで、自殺を図ったんです。すぐ病院に運ばれたけど、助かりませんでした。でも、ご主人の崎田さんが、うまく、立ち回ったからかもしれないけど、心臓発作で亡くなった、つまり、病死したということになって、それで、お葬式が行われて、それには、私も、参列したんです。私は、光江は、絶対に自殺したと思っていたから、やたらに、悲しくて」

加奈子が、まばたきする。

「女性秘書ですが、名前を思い出せませんか？」

「たしか、ユミコとか、ユミといったと思うんだけど、正確な名前は覚えていませんわ」

十津川は、問題の女の似顔絵を取り出して、加奈子に見せた。

「この女性ですか？」

加奈子が、小さく肯く。

「ええ、この人です。たしかに、きれいなことはきれいだけど、でも、平気で、他人の家庭を壊すんだから、怖い女」

「光江さんが死んだ後、崎田幸太郎さんと、この女性秘書とが、どうなったか、ご存じですか？」

「知らないんです。知りたくもありません」

「崎田夫妻には、たしか、めぐみさんという娘さんが一人、いらっしゃいましたよね？　彼女は、どうなんですか、父親の浮気が原因で、母親が、死んだということを、知っているんでしょうか？」

「ええ、もちろん、知っているに決まっているわ」

「どうしてですか？」

「だって、娘というものは、見ていないようで、本当はしっかりと、親のことを、見ているものですからね」

加奈子が、いう。

（これで、少しばかり、問題が、解けてきたような気がする）

と、十津川は、思った。

3

翌日、十津川と亀井は、崎田幸太郎が勤めているM製薬の本社に行き、人事部長に、面会を求めた。

ここでも、警察手帳を示して、業務部長をやっている崎田幸太郎について、話を聞きたいというと、

「崎田さんなら、もう、わが社を退職しておりますよ」

と、いわれた。

「いつ、退職したんですか？」

「たしか、三月五日でした」

と、いう。

崎田幸太郎が、問題の女性と一緒に、富士急行のフジサン特急に、乗っていたのは、三月六日だった。その一日前に、退職していたことになる。

「当然、退職金も、支払われたわけですね？」

「もちろんです」

「いくら、支払われたんですか？」

「崎田さんは、わが社に、二十八年間勤められましたから、退職金として、五千万円支払われました。ほかに、年金に加入されていましたから、六十五歳からは、年金が支払われることになります」

「崎田さんは、二年前に、部長になりました。その時、女性秘書がつくようになったと、思うのですが、その女性の名前は、分かりませんか？」

十津川が、きくと、人事部長は、キャビネットからいくつかの書類を取り出して、見ていたが、

「ああ、落合《おちあい》君ですね。落合由美《ゆみ》という女性社員

ですが、彼女も、三月五日に退職しています。部長と同じ日ですが、どうしたのかな？　なぜだか、分かりませんが、同じ日に、退職していますね」

「もう一度、お伺いしますが、崎田幸太郎さんは、二年前に、業務部長になった。そしてその時、落合由美という女性秘書が、ついた。ところが、今年の三月五日、突然退職し、五千万円の退職金が、支払われた。五千万円は、崎田さんが、もう、手に入れているわけですか？」

「そう思います。崎田さんの口座に、振り込みましたが、それから、十日以上経っていますから」

最後に、十津川は、人事部長に、崎田幸太郎は、どんな社員だったかを聞いてみた。

「崎田部長は、大学を卒業した後、すぐにウチの会社に入って、それからエリートコースをまっしぐらに走って、五十歳で業務部長になられました。あのまま行けば、社長の椅子を、狙える一人だったんじゃないでしょうか？　それなのに、突然、今回、辞めてしまわれたんです。それが、どうしてなのか、私にも分かりません。何か、大きな理由があったからではないかと、思っているのですが」

人事部長は、首を傾げている。

「二年前に、崎田幸太郎さんの奥さんが、亡くなったことは、ご存じですか？」

「ええ、もちろん、知っております。お葬式にも、参列させていただきましたから。そんなこともあったので、今回、退職されたのでしょうか？」

「崎田さんが、部長に昇進された時に、女性秘書が、一人つきました。名前は、落合由美という女性ですよね？　彼女については、何か、特別なことがあったということは、ないのですか？」

「特別なことと、いいますと？」

「落合由美という女性は、なかなかの美人だったので、男性関係について、いろいろな噂が、あったというような話を聞いていませんか？」

「私は、社員のプライバシーに関しては、まったく、関心がないので、分かりません」

「もう少し具体的に、お聞きすることにしましょう。崎田さんは、二年前に、奥さんを亡くしてしまった。そうなると、崎田さんの、最も身近にいる女性というと、秘書の落合由美ということに、なってきますよね？　その上、美人だから、崎田部長と女性の秘書の間を疑うような声は、なかったんですか？」

「今も申し上げたとおり、私は、社員のプライバシーについては、まったく知りませんので――」

そんないい方が、かえって十津川に、疑問を抱かせた。

「私たちは、今、殺人事件の捜査をしています。あなたは、人事部長ですから、社員の人事を、管理しているわけでしょう？　立場上、社員のプライバシーが、イヤでも、いろいろと、耳に入ってくるのではありませんか？　それに、崎田さんも、秘書の落合由美さんも、すでに、この会社を辞めてしまっている。それなら、知っていることを、話してくださっても、かまわないんじゃありませんか？　どうですか。話してもらえませんかね？」

今度は、人事部長が、目を伏せ、当惑の表情を見せた。

それは、自分が知らないことを聞かれて、困ったというのではなく、自分が知っていることを、話したほうがいいのか、話さないほうがいいのかを迷っているのだと、十津川は、直感した。

「もう一度いいますがね、私たちは、今、殺人事件の捜査をしているんです。あなたが知っていることを隠されたら、困ったことになりますよ」

　十津川は、相手を、脅した。

「これから、話すことを、ほかの場所で口にされては、困るのですが」

「もちろん、秘密は、守りますよ。それは、お約束します」

「分かりました。それなら、申し上げますが、崎田部長と秘書の落合由美が、怪しいのではないかという噂は、社内に、たしかに、あったんです。どうも、今から考えると、秘書の落合由美から、崎田部長のことを好きになってしまったという感じでしたね。その直後に、崎田部長の奥さんが、急死されてしまいましてね。それで、これは、マズいのではないかということで、落合由美に対して、私が直接、注意したことも、あるんですよ」

「それで、どうなりました？」

「私が注意すると、彼女は、急に会社に来なくなってしまいましてね。結局、二人が正式に辞めたのは、今年の三月五日なんですが、その間も、二人が、会社の外で、会っているのを見たという社員も、いましたから、二人の仲は、変わらずに、ずっと、続いていたと思いますね」

「その後、二人から、何か、連絡がありますか？」

「いいえ、まったく、ありませんね。崎田部長は、将来のウチの社長候補だったのに、どうして、こんなことになったんですかね？　私なんかは、女は、怖いなと、つくづく、思いますよ。本当です」

と、人事部長は、いった。

4

「これで、捜査が、相当、進むんじゃありませんか」

車に戻ると、亀井が、目を輝かせて、十津川を見た。

しかし、十津川は、逆に、慎重になっていた。

「私にいわせれば、捜査は、ほとんど、進んでいないよ」

「そんなことは、ないでしょう。これで、日本ミステリーの会の会員たちが、同じ会員の崎田幸太郎と、問題の女性に対して、やたらに冷たかった理由が、分かったじゃありませんか？　ほかの会員たちは、崎田幸太郎の妻、光江が、夫と女性秘書との関係に悩んで、睡眠薬を飲んで自殺を図ったということ。表向きは、心臓発作で、病死ということになっていたと思いますが、ほかの会員たちは、すべてを、知っていたんですよ。それなのに、妻、光江が亡くなってすぐの知床旅行に、崎田は、妻の睡眠薬自殺の原因になった落合由美を、わざわざ連れてきたんです。それで、ほかの会員たちは、怒ってしまった。当然だと思いますね。怒った会員たちは、知床の旅行に、崎田幸太郎の、彼女というか、恋人の落合由美が、参加したという事実すら否定してしまったんです。ところが、その後も、崎田幸太郎は、落合由美との、関係を続けていたんです。ただ、ここに来て、崎田幸太郎は、今まで、日本ミステリーの会で、楽しく一緒にやってきた。それなのに、ほかの会員たちから、拒否されてしまい、それが精神的に、こたえたんじゃないでしょうか？　崎田幸太郎と落合由美の二人は、三月六日、心中するつもりで、富士急の、フジサン特急に乗って、青木ヶ原の樹海に向かったんです。結局、死に切れませんでした。今も、二人は、そんな状況に、置かれているのではないでしょうか？　前日の三月五日に、崎田も、女も、会社を辞めていますから、二人で、心中を考えたことは、間違いないと、思うのです。これだけのことが、分かったんですから、捜査にとって、大きな進歩だと、思いますが、違いますか？」

「私は、そんなに、楽観はできないと思っている」

十津川が、繰り返した。

「崎田幸太郎と、問題の女の関係は、分かった。女の身許も、分かった。しかしだね、私たちが捜査しているのは、同じ日本ミステリーの会の会員、金子修が、殺された事件のほうなんだ。肝心の殺人事件については、今も、捜査は、いっこうに、進んでいない。容疑者さえ、浮かんでいないんだ」

「金子修を殺したのは、崎田幸太郎じゃないんですか？」

亀井が、大胆に、推理した。

「カメさんは、どうして、崎田幸太郎が、犯人だと思うのかね？　日本ミステリーの会の、知床旅行の時、崎田幸太郎は、落合由美を連れて、旅行に、参加した。この知床旅行の場合、リーダー的な立場にいた金子修は、落合由美のことを、まったく否定している。たまたま、二人を撮った写真があっても、それを、切り取ってしまっているくらいだからね。しかし、ほかの三人の会員も、同じように、冷たく接してるんだ」

「しかし、今回、河口湖に、行ってみて、新藤晃子が、崎田幸太郎と、落合由美の関係を黙認しているようなところが、あったじゃありませんか。だとすると、少なくとも、新藤晃子だけは、二人の関係を、認める気になっているんじゃないでしょうか？　なにしろ、知床旅行から二年たっているんですから。そんな中で、金子修だけが飛び抜けて冷たく、今に至るも、二人のことを、絶対に認めなかった。そこで、崎田幸太郎が、そんな金子修の態度に、腹を立てて、石神井公園で、金子修を、殺してしまったんじゃないでしょうか？　私は、そんなふうに、考えるんですが」

「君は、崎田幸太郎が金子修を殺したと思っているのか？」

「今のところ、ほかに、容疑者は、一人もいませんから」

「崎田幸太郎が、犯人だという証拠は、あるのかね？」

「残念ながら、ありません。ただ、今もいったように、崎田幸太郎以外には、これといった容疑者が、おりませんので」

「私は今、こんなふうに、考えているんだよ。崎田幸太郎は、三月六日、青木ヶ原の樹海で死ぬことを決意して、落合由美という女と二人で、フジサン特急に、乗った。だが、死に切れずに、青木ヶ原の樹海から、帰ってきてしまった。自ら死のうと考えた男、崎田幸太郎が、その十日後に、仲間の金子修を、殺したりするだろうか？」

「そうすると、警部は、誰が、金子修を殺したと、思うんですか？」

「私にも、それは、分からない。しかし、日本ミステリーの会の、会員たちの間には、もう少し、何かがあったんじゃないか？　まだ明らかになっていない何かが、今回の事件の裏に、あるのではないかと、そんなふうに考えているんだ」

「これから、どうされますか？」

「もう一度、新藤晃子に会う」

5

新藤晃子は、河口湖から、すでに、東京の自宅マンションに帰ってきていた。

十津川たちは、パトカーを、新藤晃子のマンションに向けた。

新藤晃子は、幸い、在宅していた。

十津川たちが訪ねていくと、一応、部屋に招じ入れて、自分で、コーヒーを淹《い》れてくれたが、その表情からは、明らかに、十津川たちを、警戒している様子が見て取れた。

「今日は、崎田幸太郎さんのことで、お邪魔しました」

十津川が、切り出すと、晃子は、

「崎田さんのことは、もう、よろしいんじゃありませんか？　ご本人が、自分から、姿を消したので、何か理由があるとは、思いますけど、私たちには、分かりません。もし、ご本人が、出てくるつもりなら、必ず、出ていらっしゃいますから、かえって、そっとしておいた方がいいと思いますわ。それよりも、金子修さんの事件は、どうなっているのですか？　犯人は見つかったんですか？」

逆に、十津川に、きく。

「金子修さん殺しについては、まだ容疑者らしい人間は、一人も見つかっておりません」

「それなら、金子修さんを、殺した犯人を、一刻も早く、見つけてくださいな。皆さん、不安で、仕方ないんです。それに、比べれば、崎田さんのほうは、現在、行方不明ですけど、時間が経てば、ご自分から、出ていらっしゃいますよ」

晃子は、繰り返した。

十津川は、思わず、苦笑してしまった。

「崎田さんが、今どこにいるのか、あなたが、いちばんよく、ご存じのはずですよ」

と、いってしまった。

「崎田幸太郎さんが、どこにいるのか、あなたは、ご存じのはずですよね？」

十津川が、繰り返した途端に、晃子の顔色が、変わった。

「どうして、私が、崎田さんの居所を、知っていなければいけないんですか？」

「実は、一昨日、あなたのことを、尾行させていただいたんですよ。あなたが、富士急行のフジサン特急に、乗ったところから、河口湖まで尾行したんです。その後、あなたは、河口湖畔のペンションに行って、崎田幸太郎さんと、会いましたよね？　そこまで尾行しました。別に、そのことについて、われわれは、あなたを、非難するつもりはありません。ただ、何事も、正直に話していただきたい。われわれが望んでいるのは、それだけです」

十津川が、いうと、晃子は、開き直る代わりに、

「警部さん、私に、何を、おっしゃりたいんですか？」

「ですから、あなたが知っていることを、すべて話していただければ、いいんです。あなたを尾行

していて、河口湖畔のペンションから、崎田幸太郎さんが、出てくるのを目撃しました。あなたたちが、まったく知らないと、おっしゃっていた問題の女性、名前は落合由美さんですが、彼女も発見しました。河口湖畔で、崎田幸太郎さんと落合由美さんは、ペンションに、泊まっていました。あなたは、そのこともご存じだったんでしょう？ 昨日は、何のために、あの二人に、会いにいらっしゃったんですか？ それを、話していただけませんか？」

「もし、私が、答えることを、拒否したら、いったいどうなるんですか？ 逮捕されるんですか？」

相変わらず、晃子は、突っかかるような調子で、きく。

十津川の顔に、苦笑が、浮かんだ。

「逮捕なんか、しませんよ。ただ、これは、私の勝手な推測かもしれませんが、崎田幸太郎さんと落合由美さんのことが、今回、金子修さんが殺されたことと関係があると、思っているのです。それで、崎田さんと、落合由美さんのことを、どうしても、知りたいのです。あなたの知っていらっしゃることを、教えていただきたいと、さっきから、お願いしているのです」

十津川が、食い下がった。

「私は、そうは思いませんけど」

晃子が、反発する。

「それは、あなたのご自由です。ただ、われわれは、関係があると思って、これからも捜査を進めていきます。そのためには、皆さんの協力が、ぜひとも必要なんですよ。ですから、こうして、話していただきたいと、お願いしているのです」

十津川の言葉に、晃子は、今度は、黙ってしまった。

十津川は、根気よく、相手が、口を開くのを待った。

二、三分は経っただろうか？　晃子が、根負けしたように、

「警部さんは、いったい何を、知りたいんですか？」

「われわれも、落合由美については、ある程度調べました。崎田幸太郎さんの亡くなった妻の、光江さんは、病死したといわれていますが、本当は、睡眠薬を飲んで亡くなったことを知りました。ただ、崎田さん以外の会員の方が、なぜ、あれほど崎田幸太郎さんを、責めたのか。無視し、否定したのか。その辺のことを話していただきたいのですよ。そんな中で、あなただけが、二人を許しているように見えるのです。その辺の心境の変化についても、話していただきたい」

十津川に促されて、晃子は、急に、喋《しゃべ》り始めた。そうなると、一気呵成《いっきかせい》だった。今までの思いが、聞き手を見つけて、弾《はじ》けたのだろう。

「私たち日本ミステリーの会の会員は、自分たちの趣味でやっていることを、家庭には、持ち込まない。それを、不文律にしていたんです。それでも、ときどき、会員の家に、全員で、遊びに行ったりはしていました。崎田幸太郎さんの家にも、ほかの会員四人で、遊びに行っていたんです。そんなこともあって、崎田さんの奥さんの、光江さんという人がどんな人なのか、全員が、よく知っているんです。光江さんは、優しくて、親切で、とてもいい人なんですよ。その上、私と、趣味が合ったので、個人的に、光江さんとは、つき合い

がありました。一緒に買い物に行ったり、食事を、したりもしていました。そんな時、部長になった崎田さんに、女性秘書が一人つくことになって、彼女を、わざわざ、家まで連れてきたんですよ。私は心配でした。男が、そんなことをする時は、女性に、相当参っている時ですものね。でも、光江さんは、少しも、ご主人を疑っていなかったんです。そのうち、突然、光江さんが、亡くなってしまったんです。お葬式があって、日本ミステリーの会の会員は、全員、お葬式に出ましたけど、みんな不審に思っていたんです。あんなに元気だった光江さんが、突然、病気で死んでしまったんですから、それがどうにも不思議で、仕方がなかったんですよ。特に私は、光江さんと個人的なおつき合いをしていましたから、ひょっとすると、ご主人の浮気が原因で、それに悩んで自殺してし

まったのではないかと、そんなふうにずっと考えていました。あれは、病死ではなく、自殺だという噂も、聞こえてきました。その直後ですよ、北海道の知床への旅行があって、その旅行に、崎田さんが、あの女性を、連れてきたんです。会員は、みんな、崎田さんが、その女性とつき合っていることは、知っていましたから、何という無神経さだと、怒ったんです」

「娘のめぐみさんは、父親の浮気のこと、それから、母親は病死といわれていますが、本当は自殺だということも知っていたんですか？」

亀井が、きいた。

「めぐみさんは、一人、マンション暮らしで、そこから、大学に通っていたんです。たしか、大学の二年生だったんじゃなかったかしら？　だから、落合由美さんのことは知らなかったと、思いますけど、父親が浮気をしていることは、うすうす、感づいていたと思います。それらしいことをいっていましたから」

「今年になってから、崎田幸太郎さんが、落合由美さんと一緒に、フジサン特急に乗って、河口湖に行きましたよね？　女性だけが戻ってきて、崎田さんは、行方不明になってしまいました。ひょっとして、崎田幸太郎さんは、一人で、青木ヶ原の樹海に入っていって、出られなくなってしまったのではないか？　そんなことがいわれている時に、皆さん、めぐみさんも、一緒になって、探しました。二年前には、あれほど、崎田幸太郎さんの行動を非難されていた皆さんが、どうして、一生懸命に、崎田幸太郎さんを、探したんですか？　二年も経ったので、もう、許すような気持ちになっていたんですか？」

「あの時は、会員の皆さんが、ひょっとして、崎田さんが、青木ヶ原で、自殺してしまうのではないかという心配があって、自殺しようとしているのであれば、なんとかして助けたい。そう思って、それで、みんなで一緒に、青木ヶ原に行ったんですよ」

「崎田さんは、その時は、まだ死ぬ気にならなかった。そして、その後、十日経って、金子修さんが、石神井公園で殺されてしまったんです。犯人は崎田幸太郎さんではないか？　そういう考えは、皆さんの頭の中に、浮かばなかったんですか？」

「まったく、浮かびませんでしたよ。だって、崎田さんが、十年間も一緒に、日本ミステリーの会で、やってきた仲間の金子さんを殺すはずが、ないじゃありませんか？　警部さんは、どうして、そんなことを、お聞きになるのですか？」

「崎田幸太郎さんが、落合由美さんを連れて、知床旅行の旅に、現れた。その時にいちばん強く、崎田幸太郎さんの行動を、批判したのは、もしかして、金子修さんじゃないんですか？　われわれは、そんなふうに、考えているんですよ。なぜなら、崎田幸太郎さんと落合由美さんの二人を撮った写真を、金子さんはわざわざ、引き抜いて処分してしまっただけでなく、その時のアルバムや紀行文の中には、落合由美さんが、まるで、参加していなかったように書いている。ですから、金子さんは、会員の中で、崎田幸太郎さんをいちばん批判し、許そうとしなかったんじゃありませんか。それで、二人の仲が気まずくなって、殺人事件にまで進んでしまったのではないかと、考えているんですよ」

「私には、亡くなった金子さんの本当の気持ちは、分かりません」

「それでは、あなたご自身のことを、お聞きしましょうか？　どうして、あなたは、崎田さんと、落合由美さんのことを、許されたんですか？　それどころか、あなたが、二人を、匿《かくま》っているような気もするのですよ。こうした気持ちの変化は、どうして、生まれたんですか？」

「ある日、突然、崎田さんが、落合由美さんを連れて、私のマンションに、やって来たんです。男の会員たちは、二年経った今でも、崎田幸太郎さんの浮気を、許そうとしない。わだかまりを、持っている。女の私なら、なんとか、分かってくれるのではないかと思って、彼女を、連れてきた。崎田さんは、そういっていました。疲れ切っていました。それで、いろいろと話をしました。最初は、お互いに、うまく話ができなくて、困ったんですけど、崎田さんが先に帰って、落合由美さんだけが残って、女同士の話し合いに、なったんです。二年前には、落合由美という女は、どうしようもない女だと、思っていました。だって、そうでしょう？　奥さんのある、エリートサラリーマンのことが好きになって、まるで、強盗でもするように、男を奪ってしまい、そのことに悩んだ奥さんが、死んでしまったんですもの。でも、彼女と二人だけで話していたとき、自分は、何回か自殺を考えたことがある。自分が生きていたら、周りの人を、不幸にしてしまうのではないか？　そう思ったけれども、どうしても、崎田さんのことが、諦められない。その結果、奥さんが、死んでしまった。そのことを、考えると、今でも、苦しくなる。でも、駄目なんです。そういって、落合さんは、泣くんですよ。私も同じような経験があったので、いつの間にか、同情するようになって、刑事さんが、見られたように、ときどき、二人に会いに行って、ほかの会員たちの気持ちが、今どうなっているかといったことを、伝えたりしているんです」

「ほかの会員は、たしか、金子さんを入れると三人いらっしゃいましたよね？　その人たちは、崎田幸太郎と落合由美の二人を、許す方向に、進んでいるんでしょうか？」

「もう、あれから、二年経ちますものね。少しずつは、もういいんじゃないかという気持ちに、なっているみたいですけど、まだ、多少のわだかまりは、あるような、気がするんです。そうしたものがなくなったら、崎田幸太郎さんは、彼女を連れて、ほかの会員たちと一緒に、どこかに旅行することになると思いますけど、それが、いつになるか、私にも分かりません」

「二年前の知床旅行の件ですが、その時に、崎田幸太郎さんと、ほかの会員たちの間に、わだかまりというか、対立のようなものが、生まれたわけでしょう？　原因は、落合由美さんを連れていった崎田さんにある。私も、そう思いますが、あの旅行は、金子修さんが、リーダー格で、アルバムと、取材の記録を、金子さんが作ることに、なっていたわけでしょう？」

「ええ、そうです」

「その時に、金子さんがとった態度というのが、私には、少しばかり、異常な気がするんですよ。たしかに、ほかの会員の方たちが、崎田さんと女性に対して反感を持ったのは、わかります。しかし、四泊五日の、知床旅行に、崎田さんと落合由美さんは、参加したわけでしょう。金子さんの奥さんは、崎田さんと、落合由美さんの二人の写真を撮り、また、落合由美さんが絵を描くのが、得意なので、彼女の描いた絵を、アルバムか、取材記録の表紙に、使ってほしいと、夫の金子さんにいったくらいでした。ところが、金子さんは、その絵を、表紙には使わなかったし、崎田さんと落合由美さんの二人が写っている写真が、載っているページを、わざわざ、抜き取って捨ててしまったんですよ。この金子さんの態度は、私には、少しばかり、異常に見えて仕方がない。なぜ、金子さんは、そんな態度を、取ったんでしょうか？」

「私には、分かりません」

本当に分からないのか、それとも、分かりたくないのか？　十津川には、判断できなかった。

「そうですか」

と、十津川は、うなずいてから、

「金子さんは、すでに亡くなってしまっていますから、ご本人に、きくというわけにはいきません。とすると、その間のことを、いちばん、よく知っているのは、崎田幸太郎さんと落合由美さんですよね？　幸い、あなたは、この二人と、今もつき合っていらっしゃる。次に二人に会った時に、この件について聞いてみてくれませんか？　何か、分かったら、私の電話か、捜査本部のファックスに、それを、送ってほしいのですよ」

十津川は、自分の携帯の番号と、捜査本部の電話番号と、ファックスの番号を、晃子に教えた。

第七章　終結

1

十津川は、メモ用紙に今までに分かったことを書いてみた。

一、能登半島羽咋でUFOの観察。金子修、○崎田幸太郎、寺西博、中野新太郎。

二、秋吉台。金子修、崎田幸太郎、○寺西博、中野新太郎、新藤晃子。

三、北海道知床。○金子修、金子典子、崎田幸太郎、寺西博、中野新太郎、新藤晃子、落合由美。

四、沖縄与那国。金子修、崎田幸太郎、寺西博、○中野新太郎。

五、十津川村、吊り橋。金子修、崎田幸太郎、寺西博、○新藤晃子。

亀井は、じっと十津川の手元を覗き込んでいたが、

「ああ、日本ミステリーの会の会員たちによる旅行のリストですね」

「カメさん、これを見て、何か、気がつくことはないか?」

「そうですね、問題になっている北海道の知床旅行が、三番目に入っていて、なぜか、この時だけ、たくさんの人間が参加していますね」

「カメさんも、そう思うか」

「五人の会員が全員参加しているほかに、金子修が、奥さんの金子典子を連れて行き、崎田幸太郎が、例の若い女性、落合由美を連れてきています。ほかの四回についてみると、どの回も会員しか行っていませんね。それなのに、なぜ、北海道の知床旅行だけに、五人の会員のほかに、金子修の奥さんや、崎田幸太郎の彼女と考えられている、落合由美が参加しているのか。もしかすると、そこに、何か、あるのかもしれませんね」

「私もカメさんと、まったく同じ考えだ。どうして、この時だけ、五人の会員のほかに、二人の女性が、参加しているのか、それが不思議なんだよ。ほかの四回には、会員しかいないからね」

「たしかに、不思議ですし、不自然でもあります」

「この五回のほかにも、会員たちは、一日だけの日帰り旅行を、何回かしているんだが、その場合も、会員の五人以外には、誰も、参加していない。ああ、一番目の、能登半島の羽咋への旅行だが、これに、新藤晃子が参加していないのは、この時はまだ、会員が四人の男だけで、新藤晃子は、会員になっていないからなんだ」

「今、気がついたのですが、もうひとつ、妙なことがありますね」

「どういうことだ？」

「第三回の知床旅行で、崎田幸太郎は、二十歳も歳の離れた、若い落合由美を連れて行きました。そのことに金子修が怒って、旅行の報告書には、落合由美の写真を、一切載せなかったといわれています。それなのに、四回目の沖縄の与那国島、五回目の十津川村と、いずれも、崎田は参加して

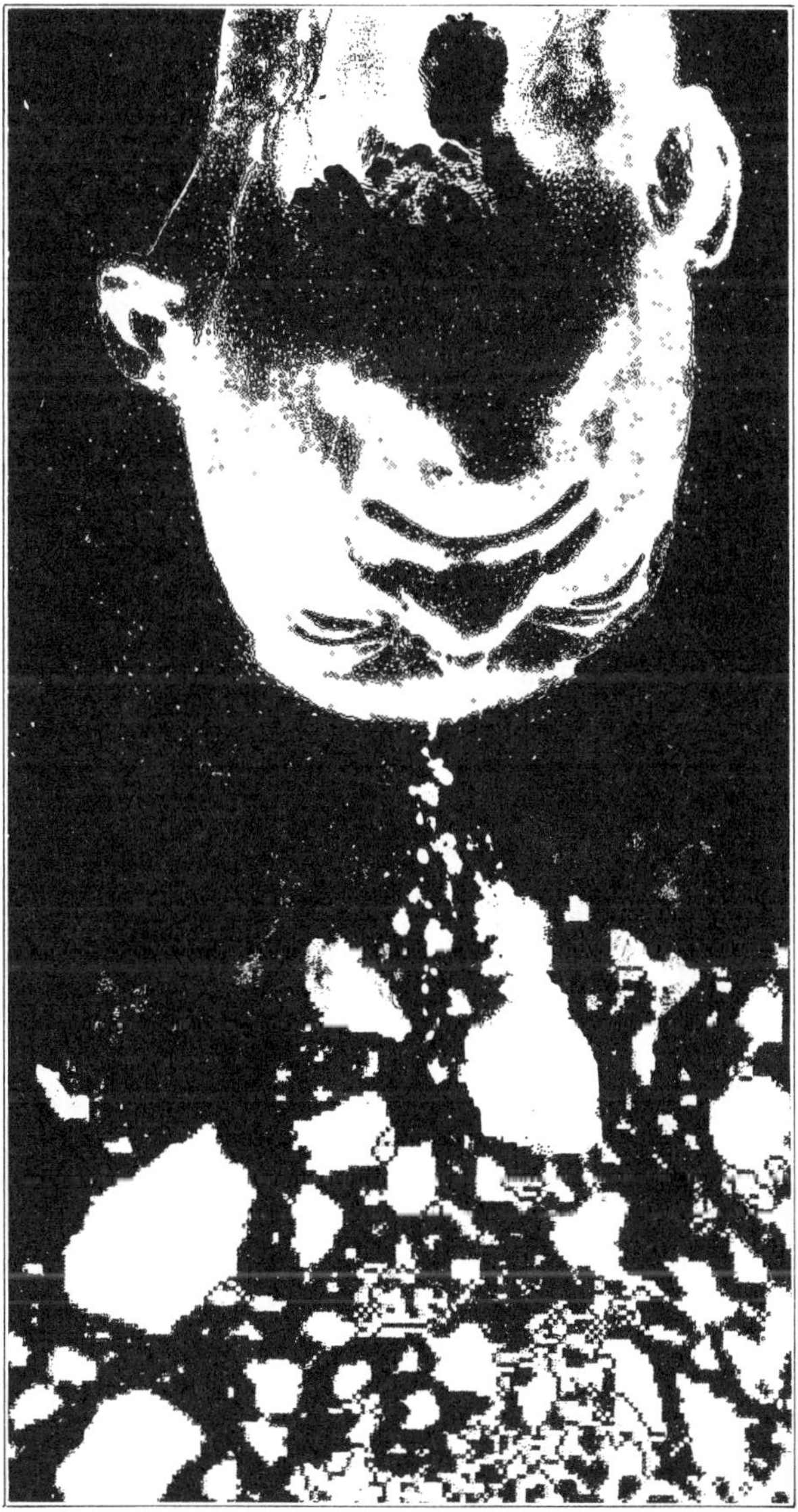

いますね。さすがに、落合由美は、参加していませんが。これを見る限り、二人の間に激しい口論があったり、喧嘩があったりしたわけではないのかもしれません。もし、金子修と崎田幸太郎の間が気まずくなっていたら、金子修と崎田幸太郎の二人が一緒に、沖縄と十津川村の旅行に、参加をするはずはないと思いますから」

「たしかに、そうだ。しかし、その代わり、第四回の沖縄与那国では、新藤晃子が参加していないよ」

「ああ、たしかに、そうですね」

「ほかに、何か、気になることとか、おかしなところはないかね？」

「今のところ、ほかには、ちょっと考えつきませんが」

「金子修が、殺されたり、崎田幸太郎が女のことで問題を起こして、それが原因で、行方不明になって、富士の樹海で自殺することを、考えているのではないのかといった話もあった。それなのに、日本ミステリーの会というこの会は、十年間も、続いているんだ。そのこと自体に、私は、不思議な気がして、仕方がないんだよ」

「会員たちにしてみれば、よほど、日本ミステリーの会は、居心地がいいんじゃありませんか？　だから、十年間、誰一人辞めなかったんじゃないかと思いますね、それから、一番から五番まで、名前に丸がついているのは、その旅行での責任者の名前ですね。一番目が崎田幸太郎、二番目が寺西博、三番目が金子修、四番目が中野新太郎、そして、五番目は、女性の新藤晃子のところに丸がついています。これだけを見ると、十年間もの間、何の問題もなく、和気あいあいと、仲良く続いていたように見えますね」

「ところが、内実は、そうでもなかったんだ。だから、金子修が殺され、崎田幸太郎の連れてきた落合由美が、会員の間で、問題になっている」

「今、警部は、どんなことを、考えていらっしゃるんですか？」

「われわれは、ひとつの知識を与えられた。十年前に、四十二歳の中年男五人で、日本ミステリーの会を結成し、途中で一人が亡くなったが、その後で、十歳若い、その時は三十代だった女性が加わって、それ以後ずっと、日本ミステリーの会として、活動が、続いてきた。ところが、三回目の、北海道知床の旅行の時に、ある問題が起きた。奥さんを、自殺で失った会員の崎田幸太郎が、奥さんの自殺の原因となった若い女性、落合由美を連れて旅行に参加してきた。当然、みんなは、反対した。中でも、知床旅行の責任者、金子修は、その時に参加した落合由美の旅行中の写真を、旅行の報告書には、一切載せなかった。その後、会員たちは、二回旅行している。今年になって、突然、崎田幸太郎は、問題の女性、落合由美と二人で、富士急行のフジサン特急に乗って、河口湖に行ったことが、確認された。河口湖の近くには、富士の青木ヶ原の樹海がある。崎田幸太郎は、その富士の青木ヶ原の樹海で、自殺を図ったのではないかという情報が流れた。その後、崎田幸太郎の無事が確認されて、新藤晃子が、密かに、崎田幸太郎と落合由美の二人に会っていることも明らかになった。また、それと前後して、リーダー的存在の金子修が殺された。これが、今までに考えられたストーリーだ」

「警部は、そのストーリーが間違っているとお考えですか?」

亀井が、きいた。

「今、もしこのストーリーに間違いがあったら、真実は、どうなるんだろうか？　私は、それを、考えているんだ」

十津川は、答を探すように、宙を見据えた。

2

「問題はやはり、第三回の、北海道の知床旅行だろう。この時に、間違いなく、何かがあったんだ」

「ええ、それは、分かっています。会員の一人、崎田幸太郎が、若い落合由美を旅行に連れてきて、問題になったんです。なぜなら、落合由美は、崎田が、会社で使っている女性秘書ですが、その彼女を家庭にまで連れていったので、奥さんが、彼女と夫との間を、嫉妬《しっと》して、自殺してしまいました。そのことを会員たちは知っているので、崎田の行動は、あまりにもひどい、非常識だととらえられ、ほかの会員たちが、崎田を非難するようになったんです」

「ああ、そういわれているんだが、この表を見ても分かるように、次の四番目の沖縄与那国の旅行にも、五番目の十津川村の旅行にも、非難されている崎田幸太郎は、ちゃんと、参加しているんだ」

「私も、そこが、おかしいと思います。しかし、知床旅行の直前に、崎田幸太郎の奥さんが自殺をしてしまったことも、確認されています。自殺の原因が、崎田幸太郎が、会社で使っている女性秘書の落合由美を、家にまで連れてきたことだということも、分かっています。そのことに、奥さんがショックを受けて、自殺をしてしまった。その辺の事情を知っている会員たちが、崎田幸太郎を、非難したんですよね？」

「私も、そう聞いている。だが、知床旅行の次に、沖縄の与那国島に行った時は、崎田幸太郎が参加し、女性の新藤晃子が、不参加なんだ」

「こうした動きを、まったく別の角度で、解釈できるでしょうか？　ほかの解釈はないように思えますが」

「今までの解釈では、事件の解釈が難しいので、私は、思い切って、別の切り口を考えてみた。今から十年前に彼らが、日本ミステリーの会を作った時から、少しばかり意地の悪い見方をしてみたんだよ」

「ぜひ、それを聞かせてください」

「この会には、不可解なところと、面白いところがある。その第一は、十年も続き、その上、日本ミステリーの会と名前もあるのに、会則があるのかないのかわからない。会員の一人が言葉で会則を説明してくれたが、どうも、あわてて作った感じだった。第二は、会員、特に男四人の構成だよ。十年前四十二歳の男たち五人で作られた日本ミステリーの会だ。年齢も同じ四十二歳。会社勤めのサラリーマン、教師、雑誌の編集長で、大金持ちや、芸能人はいない。いわば中堅のサラリーマンたちだ。第三にその後、女一人を会員に入れているが、さらに変動はなく、会員以外の者が参加したのは、一度だけで、他の四回は、かたくなに、会員だけで旅行している。この三つのことから、私は、ひとつのストーリーを作ってみた」

十津川は、いったん話をやめ、一息ついてから、また、話し始めた。

「十年前、四十二歳の男が集まって、日本ミステリーの会を作った。サラリーマンとしては一応上手くいっているが、いわば中堅で、上と下から責められている。何か面白いことはないかと、五人は集まり、ある計画を立てる。人生を楽しみたいが、とっぴなことは、できない。会社も家族のこともあるからね。そこで、五人が考えたのは会員での三泊四日から五泊六日くらいの旅行だ。日本全国を旅行して、日本のミステリーの部分を研究するというのが表向きで、その旅行の間、一人の女が同行する。三十代で、女の方も、男たちとアバンチュールを楽しむ。その代わり、女の旅費宿泊費は、男たちが持つ。つまり男四人で芸者一人、あるいは、コンパニオン一人を連れて、楽しむ旅行なんだ、実体はね。男たちは、格好の女、新藤晃子を見つけ出した。十歳若い三十二歳の女だ。離婚経験もあるから、野暮なことはいわないだろう。ただ、一回目の能登半島旅行の時は、新藤晃子は、同行しなかった。男たちだけで旅行し、その写真を家族に見せて安心させておいて、二回目の秋吉台の旅行に、新藤晃子を連れて行った。ところが、三回目の知床旅行の直前に、問題が二つ起きてしまった」

「ひとつが、崎田幸太郎のことだとわかりますが、もうひとつが、わかりません」

「崎田幸太郎のことから、まず私の考えを話す。二回目の秋吉台のあとで、崎田は、会社で業務部長に昇進し、会社から秘書の落合由美をあてがわれた。晃子より若い二十代で、しかも美人だ。その由美を、崎田は家に連れて行った。妻の光江に会わせているから、少なくとも、この時は、二人の間に関係はなかったと思う。それでも光江は、疑った。こんな時、男は、どう弁解するか？　たいていは、ほかの話に持って行ってしまう。崎田はそうしたんだと思う。つまり、会員の旅行に本当は三十代の女を連れて行っている。リーダーの金子が彼女を連れて来たんだが、二人の仲は怪しいぐらいのことは、いったんだと思うね。それを聞いた光江は、たぶん、金子修の妻、典子に電話をかけた。夫たちは、自分たちに内緒で、旅行に三十代の女を連れて行き、楽しんでいる。女の名前は、新藤晃子、崎田の話では、あなたの夫の金子修が、彼女を見つけて来て、旅行に連れて行くことになった。二人の仲を注意した方がいいと、いった。金子典子は、夫の修を問いつめる。金子はそこで嘘をつく。そんな時につく男の嘘は、だいたい決まっている。新藤晃子を、旅行に連れて行くことになったのは、女好きの崎田で自分は関係ないという嘘だよ。そうすると、典子が、また、崎田光江に、本当に旅行先で晃子と浮気しているのは、あなたの夫だと伝える。光江は、また不安になってきた。いや、前よりも、いっそう不安になり、嫉妬の感情も強くなってきた。夫の崎田は、平気で職場の女性秘書を連れてくるようなことがあるからね」

「崎田光江は、どうしたでしょう？」

「たぶん、他の会員に、聞いたんじゃないかと思うね。寺西博とか中野新太郎にだよ」

「しかし警部の想像どおりなら、四人の男の会員は全員で、新藤晃子と楽しんでいたわけですから、本当のことをいう者はいないと思いますが」

「そのとおりだよ。自分たちに、火の粉が降ってくるかもしれないんだから、本当のことを話すはずはない。だから、あいまいな話しかしなかった。光江は、いっそう、疑心暗鬼になっていき、最後には、自殺に追いやられてしまった。だから、光江が自殺した原因は、夫と落合由美の関係に嫉妬したからではなく、夫と新藤晃子とのことだったんだ」

「しかし、男の会員たちは、新藤晃子の名前は出さず、崎田幸太郎と落合由美の関係に嫉妬しての自殺ということにしてしまったわけですね」

「自分たちのことが可愛かったからだ。そこは中年のサラリーマンの自己保身だな」

「そんな空気の中で、知床旅行になったわけですね」

「金子修の妻、典子は、新藤晃子と関係しているのは、崎田幸太郎と聞いて、安心していたが、崎田光江の自殺の原因が、崎田と落合由美ということになると、ひょっとして、新藤晃子と関係があるのは、自分の夫ではないかと疑い、会員以外は旅行に参加させないということにしていたのに、典子が参加したいといい出すと、リーダー格の金子は、それを拒否できなかった。拒否したら、妻の典子にいっそう疑われるからだよ」

「崎田が落合由美を連れて行ったのは、なぜでしょうか？」

「私は、その件を、こう考えるんだ。会員たちは、自分を守るために、崎田光江が自殺したのは夫と落合由美との関係を疑ったためということにして、口裏を合わせた。しかし、本当は、新藤晃子との関係を疑ってのことだということを、会員は知っていた。もちろん、崎田もだ。そこで、崎田は落合由美を知床旅行に連れて行った。彼のつもりでは、自分には、こんな若い美人が傍にいるのだから、新藤晃子に興味はないといいたかった。金子修に対する当てつけだろう。金子にしてみれば、妻の典子が、強引に旅行に参加してきたので、これまでの言い分を、さらに強く主張せざるを得なくなってしまった。崎田が、若い落合由美を家に連れ込んだりしたから、奥さんが自殺したのに、旅行にまで連れてきた。だからといって、正面きって、崎田を非難したり、疑ったりはできない。そこで、金子は、妻の典子に向かって、崎田を悪《あ》しざまにいい、崎田と落合由美の二人が一緒に写っている写真を、破棄したりして見せた。芝居だよ。そうやって、妻の手前を取りつくろったんだな。次の沖縄旅行では、その後遺症が出た。四人の男たちは、参加したが、新藤晃子は参加していない。晃子にしてみれば、三十代の若さで、四人の男たちを旅先で楽しませてやったのに、第三回の知床旅行で、邪魔者あつかいされたので、ヘソを曲げてしまったんだと思うね」

「しかし、そのあと、第五回の十津川村の旅行では、会員だけで、新藤晃子も、参加していますね」

「たぶん、男たち四人が、相談したんだと思うね。今後の旅行は会員だけで、家族や知人は参加させない。新藤晃子の機嫌を直すようにする。この二つを確認したんじゃないかね」

3

「すべてが、日本ミステリーの会の発足のときに、始まっているわけですね？」

「そのとおりだと、私は思っている。中年男が、集まって、良からぬことを考えた。四十二歳で中堅サラリーマン。浮気もしたいが、二号を持つだけの金はないし、勇気もない。そこで、考えたのが旅先での浮気だったんだ。一人だけ、女の会員を入れる。彼女の旅行費用や宿泊代はみんなで持ち、小遣いもあげる。その代わり、旅先ではみんなの愛人になってもらう。若くても、年齢をとった女でも、駄目なので、三十二歳の新藤晃子が、四人のおめがねにかなった。晃子の方も、オーケイしたんだと思うね」

「いかにも、小市民的な浮気計画ですね」

「だが、ある意味、真剣に考えた末の計画だったと思うよ。たとえば、知床旅行は、四泊五日なんだが、ほかの旅行も、同じく四泊五日に計画されていた。なぜ、四泊五日にしたか、わかるかね?」

「表向きは、日本のミステリー地帯を旅行するですし、その仕事も、真面目にやっていたようですから、四泊五日ぐらいの日数が、必要だったんじゃありませんか」

と、亀井はいってから、急に、笑った。

「そうか、会員は男が四人、旅先で、新藤晃子と一人が浮気の一夜を過ごしたとして、四泊五日なら、四人の男が浮気を楽しめるわけですね」

「四人にしてみれば、ささやかな楽しみで、同時に、危ない橋を渡る快感でもあったんじゃないかな。全員、家庭を大事にしているサラリーマンが、家族にかくれて、旅先で、女と浮気を楽しむのは、冒険の快楽もあったと思うね」

「新藤晃子の方は、どうだったんでしょうか?楽しかったんでしょうか?」

「私は楽しかったと思うね。今まで、会にとどまっていたんだから。旅費、宿泊費も男たちが持ち、その上、小遣いももらえる。それに、相手は、中堅のサラリーマンで、インテリだ。五人での旅行の中で、女は自分だけ。大事にされるだろう。その上、三十二歳から四十二歳の今日まで、その間、女盛りだよ。私は、間違いなく、彼女も楽しんでいただろうと思うね」

「それでは、警部の想像どおりの会であり、会員だと考えると、今年になってからの事件が、どう説明できるのか、それを教えてもらえませんか」

と、亀井が、いった。

4

今年になって、五人の会員の間に起きた事件は、三つである。

会員の中のリーダー格、金子修が、何者かに殺された。

同じく会員の一人、崎田幸太郎が落合由美と二人で、河口湖の富士急行「フジサン特急」の車内で目撃され、その後、二人が行方不明になってしまい、富士の青木ヶ原樹海での自殺も考えられた。

しかし、今、新藤晃子が、この二人と連絡を取り合っていることがわかった。

この三つの事件を、うまく説明できるかどうかである。

「第三回の知床旅行に立ち戻って、考えてみよう」

と、十津川はいった。

「この旅行で、いちばん面白くなかったのは、誰だとカメさんは思うね？」

「そうですね。知床旅行の責任者は、金子修です。金子は、この旅行で、新藤晃子と楽しもうと思っていたとすると、突然、妻の典子が参加してしまったので、それができなくなってしまったかもしれませんから」

「そうだろうね。金子の妻の典子は、夫と新藤晃子との仲を疑って、強引に旅に加わったわけだろうからね。旅行中も、妻の監視つきでは、金子は面白いはずがない。崎田は若い落合由美を連れて来て、旅行を楽しんでいる。あと二人の会員、寺西博と中野新太郎ですが、たぶん、やきもきしている金子修を、面白がって、見ていたんじゃないかと思うね」

「問題は、このあとの金子修と新藤晃子、それに金子の妻、典子のことですが」

「私も、そこに興味がある。特に金子典子の気持ちだ。彼女は、夫と晃子との間を疑って、強引に知床旅行に参加したが、その疑惑は、続いていたと思うんだ。夫も、晃子も、その後、会員をやめていないからね。それどころか、旅行にも出かけている。典子の疑いは、より、深くなっていたと思うね」

「その延長線上に、金子修の死があると、お考えですか？」

「そう思っている」

「しかし、金子は、旅行先で殺されたのではなく、東京の石神井公園で、殺されていますが」

「私は、こんなことを想像しているんだ。事件の日の夜、金子修に誰かから電話が、かかった。その直後に、金子は急用が出来たといって、一人で出かけてしまった。典子は、夫が、新藤晃子に会いに行くに違いないと思い、自分の軽自動車で後を追った。タクシーに乗った金子が着いたのは、石神井公園で、案の定、新藤晃子が先に来て待っていた。嫉妬にかられた典子は、車から降りて、二人をじっと見ていた。二人が何かを話し終わって、先に晃子が立ち去り、それを、夫が見送っている。夫のその姿に、典子は、さらに嫉妬の気持ちを高ぶらせていく。気がつくと、いつの間にか、手に、車から持ち出したスパナを持っていた。典子は、夫の背後から近づき、いつまでも、新藤晃子を見送っている夫の後頭部に向かって、振り下ろした。倒れた夫のくびにロープを巻きつけて、殺してしまった」

「しかし、金子典子が犯人だという証拠は、ありませんね」

「もちろん、証拠はない。が、私は、彼女以外に容疑者は思いつかないんだ」

「崎田幸太郎と落合由美の二人に、新藤晃子が、内緒で会っていたことはどう思われますか？」

「その件については、こんなふうに考えているんだよ。崎田幸太郎が、落合由美とどこかに隠れてしまったので、現在、日本ミステリーの会の会員は、寺西博、中野新太郎、新藤晃子の三人だけになってしまった。それで、崎田幸太郎には、日本ミステリーの会に戻ってきてほしい。落合由美が、新しい会員になってもかまわない。二人増えれば、前のとおりの五人になる。ほかの二人、寺西と中野も賛成なので、新藤晃子は、会に戻ってこいと、二人を説得に行ったんじゃないかと思う」

「その可能性は、大いにありますね」

もちろん、十津川にも、自分の推理が当たっているかどうかは分からない。当たっていると、いい切るだけの自信もない。自分勝手な想像だと、自分でも分かっているからである。

次の日から、十津川は、自分の考えたストーリーが、はたして、正しいかどうかを、部下の刑事たちを使って証明する作業に、取りかかった。

まず、女性刑事の北条早苗と、三田村刑事の二人には、川口湖畔の、ペンションに泊まっている落合由美に会って、話をきくように指示を与え、西本と日下の二人には、ほかの会員の寺西博と中野新太郎が、どこまで、真相を知っているのかを、調べるようにと、指示を与えた。

十津川自身は、亀井と二人で、金子修の妻、典子の身辺を、徹底的に、洗ってみることにした。

十津川は、あらためて、金子修が殺された時の状況を、考え直してみた。

今年の三月十六日の朝、石神井公園で、近くの老人が、金子修の死体を発見した。

後頭部に裂傷があり、首にはロープが巻かれていた。

そのことから十津川は、三月十五日夜に、犯人に呼び出されたと考えたのだ。犯人が、いきなり背後から、金子修の後頭部を殴りつけ、失神して倒れたところを、用意していたロープを首に巻きつけて、絞殺したということである。

ただたんに、首にロープを巻きつけて絞殺するのは、女性の力では無理かもしれないが、しかし、いきなり後頭部を殴りつけ、失神してしまった男に対してならば、非力な女性でも、首にロープを、巻きつけて絞殺することは、決して、不可能ではないだろう。妻の金子典子が犯人だったとしても、この殺人は可能なはずである。

被害者の首に巻きついていたロープは、直径一センチほどの、青い色のロープである。洗濯物を干すときに使う、どこにでもある、ロープだ。

この殺人事件の直後に、警察は、金子修の妻である金子典子から事情聴取をしたが、それは、ごくあっさりとした形だけのもので、金子典子を容疑者と断定し、そのつもりで詳しく事情をきいたものではなかった。

十津川は、亀井と二人で、もう一度、金子典子に、会いに行くことにした。

十津川は、典子に会うと、深々と頭を下げて、

「今、懸命に捜査を、続けているのですが、申し訳ないことに、まだ、ご主人、金子修さんを殺した犯人は、見つかっておりません。それで、もう一度、お話を、お伺いしたいのですが、ご主人の死体が発見されたのは、三月十六日の早朝でした。司法解剖の結果、死亡推定時刻は、前日三月十五日の午後十時から十一時の間と分かっています。その三月十五日ですが、ご主人は、何時頃、出かけられたのですか？」

「たしか、三月十五日の午後五時頃、ちょっと出かけてくるといって、出ていったように覚えています」

「ご主人は、車を持っていましたよね？」

「ええ、軽自動車ですけど、持っておりました」

「その軽自動車に乗って、三月十五日には、午後の五時頃、ご主人は、出かけたんですか？」

「いいえ、あの日、金子は、自分の車では出かけずに、電話をして、タクシーを呼んでいます」

「金子さんは、自分の車があるというのに、わざわざ、タクシーを呼んだんでしょうか？」

十津川が、きくと、典子は、ちょっとだけ笑って、

「きっと、中古の軽自動車で行くのが、恥ずかしかったんじゃないかしらね？　主人は、見栄を張るようなところがありましたから」

「ということは、ご主人は、女性に、会いに行かれたのでしょうか？」

「それは、私には、分かりません」

「典子さんも、自動車を、運転されますか？」

「ええ、しますわ。私は、車の運転が、決してうまくありませんけど」

「ところで、典子さんは、新藤晃子という女性を、ご存じですか？」

「新藤晃子さん？　いいえ、知りませんけど」

「新藤晃子さんを、ご存じない？　それはおかしいですね。たしか、あなたは、ご主人が会員になっている日本ミステリーの会が、二年前の三月に行った、北海道の知床旅行に参加されているはずですよ」

「ええ、あの知床の旅行には、たしかに、参加しましたよ。日本ミステリーの会の旅行は、基本的には、会員だけで行くのだそうですが、あの時は、主人に無理をいって、連れていってもらいました」

「それならば、その旅行の時に、新藤晃子に会っているはずですよ。彼女も、日本ミステリーの会の会員で、知床旅行に、参加していますから」

「ああ、思い出しましたわ。そういえば、たしかに、女性の会員の方が一人、参加されていました。新藤晃子という名前を忘れてしまっていたので、つい知らないといってしまいました。申し訳ありません」

「新藤晃子から、ご主人に、電話がかかったりしていませんでしたか？」

「電話？　何のために？」

「ご主人と同じ、日本ミステリーの会の、会員ですから」

十津川は、用意してきた新藤晃子の写真を、典子の前に、置いた。

「実は、新藤晃子という女性は、なかなかの発展家でしてね。五人の会員の中の唯一の女性会員だし、会に参加した時は、三十代でしたから、ほかの四人の会員に、モテたと思うのですよ。亡くなったご主人も、なかなかの美男子だったから、新藤晃子が、電話をかけてきて、誘い出したりしたのではないかと、思いましてね」

十津川が、いうと、典子の目が、少しばかり険しくなった。

「金子は、真面目な人でしたから、そんな女とは、つき合いません。だから、私は別に、心配も何もしていませんでした。それに」

と、典子が、余計なことを説明しようとすると、十津川は、

「この新藤晃子は、今もいったように、三十代の女盛りで、その上、自分のほうから、男を誘ったりするようなところがありましてね。これは噂なんですが、日本ミステリーの会の男たち全員に、声をかけたり、関係を持ったりしているんですよ。そういうことを、ご主人から、お聞きになったことはありませんか？」

「ありません」

変に堅い口調で、典子が、きっぱりと、いった。

「そうですか。三月十五日ですが、もしかすると、この新藤晃子が、電話をしてきて、ご主人が、出かけられたのではありませんか？」

「いいえ、そんなことはないと、私は思いますけど」

と、典子が、いう。

「実は、犯行の現場、石神井公園の周辺ですが、

刑事たちが、聞き込みをやったところ、新藤晃子によく似た女性が、当日の夕方、ご主人と石神井公園の中で会っているのを、目撃していた人がいるんです」

「そんなこと、私は、知りませんし、興味もありません」

典子が、いい、短い沈黙があったあと、十津川が、

「今も軽自動車を、お持ちでしたら、その車を見せていただけませんか?」

「どうして、そんな、必要があるんでしょうか?」

「たいしたことでは、ないんですが、ちょっと調べたいことがありましてね。それでお願いしているのです」

「このマンションの地下駐車場に置いてありますから、お好きなだけ、調べてください」

少しばかり、投げやりな調子で、典子が、いった。

マンションにある、地下駐車場に降りていくと、問題の軽自動車が置いてあった。

十津川と亀井は、その車内を、綿密に調べていった。

スパナがあった。

金子典子が、犯人なら、新藤晃子に会いにタクシーで出かけていった夫、金子修を、この軽自動車で追跡し、石神井公園で、夫を殺したのではないだろうか? とすれば、犯行に使った凶器は、間違いなく、このスパナだろう。それ以外には考えつかないのである。

そう思って、十津川は、用意してきたプラスチックの袋に問題のスパナを入れて、捜査本部に持

ち帰ることにした。

5

三田村と北条早苗の二人の刑事は、河口湖畔にあるペンションで、落合由美に、会っていた。

「三月六日に、あなたと、崎田幸太郎さんは、フジサン特急で、河口湖に行かれた。その後、あなた一人だけが、東京に帰ってきて、崎田幸太郎さんの行方が、分からなくなってしまいました。今は、崎田さんが無事でいることは、分かっていますが、あの時は、何を考えて、お二人でフジサン特急に乗って、河口湖に行ったんですか？　正直に、話してもらえませんか？　そうしないと、今回の殺人事件が、解決しないんですよ」

北条早苗は、じっと、由美の顔を見つめた。

由美は、すぐには、返事をしようとはしなかった。

早苗の方が、言葉を続けて、

「なぜ、三月六日に、お二人は、河口湖に行かれたのか、その理由を、教えていただきたいのですよ。あなただって、今回の、殺人事件を早く解決したいと、思っておられるのでしょう？」

と、いった。

「ええ、思っていますわ」

「でしたら、すべてを、正直に話していただきたいのです」

早苗が、重ねていうと、落合由美は、やっと話す気になったのか、口を開いた。

「二年ほど前でしょうか、私は、崎田さんの女性秘書に、なっておりました。それだけ、その頃の崎田さんは、会社から、将来を嘱望され、重く見られていたんです。私も、崎田さんの秘書になれて、毎日、とても楽しく仕事ができましたし、いい勉強にも、なっていました。ところが、突然、崎田さんの奥様が病死されてしまいました。でも、本当は、自殺だったと、後から聞かされて、私は、大きなショックを受けました。ひょっとすると、私のことが、原因で、奥様が自殺してしまったのではないかと、思ったからです。崎田さんも、そのことが、よほどこたえたと見えて、結局は、会社に辞表を出してしまったんです。私も、同じように辞表を出してしまいました。でも、再就職も難しく、先々のことを考えると、不安になったのでしょう。この先、もう生きていく気力も、なくなってしまったので、青木ヶ原の樹海辺りで、死んでしまおうかと思っている。崎田さんが、突然、そんなことをいわれて、それなら一緒に、私も、死んでしまおうという気持ちになって、あの日、崎田さんとフジサン特急に乗って、河口湖に行ったんです。このまま死んでしまっても、かまわないというような、そんな気持ちが、心のどこかにあって、二人で、河口湖に行きました。私は、もし、崎田さんに、強く、一緒に死んでくれといわれれば、それに、応えるつもりでしたけど、青木ヶ原の樹海の前まで来ると、突然、崎田さんは、私に向かって、君は、一人で、東京に帰るんだ。君はまだ二十代と若い。これから先、あと何十年も人生を楽しむことが、できるんだ。だから、今ここで、自分と一緒に、死ぬことはない。そういうんですよ。私は、崎田さんを一人で死なせたくはなかったので、もし、崎田さんが、この樹海で死ぬというのなら、私も一緒に行きます。連れていってください。そういって、少しばかり、ゴネました。そうしたら、崎田さんは、俺も、今は、死ぬ気がなくなった。ここで死のうとは、思っていないから、大丈夫だ。後から必ず、東京に帰るから、君は先に一人で、東京に戻ってくれといわれたのです。それは、崎田さんの優しさから出た言葉だということは、私には、十分、分かっていましたけど、それでも、なんだか崎田さんから、突き放されたような感じがして、ひどく悲しい気持ちで、一人で東京に帰ってきたのを、今でも、よく覚えています」

「あなたは、北海道の知床旅行に、崎田さんと一緒に、参加していますね？」

「ええ、参加しました」

「それなら、新藤晃子さんのことは、知っていますね？」

「ええ、晃子さんなら、もちろん、よく知っていますわ」

「今、その新藤晃子さんと崎田幸太郎さんと、あなたの三人が会って、いろいろと話し合っているようですが、いったい、三人で、どんなことを、話し合っておられるのですか？」

「新藤さんのお話ですと、リーダー格として、会を、引っ張ってきた金子修さんが死んでしまって、十年間続いてきた日本ミステリーの会も、今、その存続が、危ぶまれている。十年間も続いた会を、潰《つぶ》してしまうのは、いかにも惜しい。そこで、なんとかして、前と同じ五人で、日本ミステリーの会を運営していこうと思っている。崎田さんには、会に戻ってもらい、あなたも、新しく会員になってもらえば、前と同じ五人になるからと、新藤さんに誘われているところなんです」

「それで、あなたと、崎田幸太郎さんは、新しい日本ミステリーの会に、参加するおつもりですか？」

「崎田さんは、やはり昔のいい思い出があるらしくて、できれば、また、参加したいが、今、仕事もお金もない。ですから、はたして、新しい日本ミステリーの会に参加できるかどうかは分からなくて、崎田さんは遠慮しているんです」

「あなた自身は、どうなんですか？」

「私も、どうなるかは分かりません。ただ、崎田さんに、従いたいとは思っています」

落合由美が、いった。

6

あとからフジサン特急でやってきた十津川と亀井は、落合由美に案内をしてもらって、同じく河口湖のペンションにいる崎田幸太郎に、会いに行った。

崎田は、現在五十二歳である。大企業の部長にまでなって、美人の女性秘書を会社からあてがわれた。

それなのに、妻が突然、自殺してしまったことを自分のせいだと考えて、責任を感じて、会社を辞めてしまった。

しかし、五十二歳という年齢では、いい仕事は、なかなか見つからなかった。現在無職である。

そうしたことで、精神的にも疲れてしまっているのだろう。すっかり老けこんでしまっているように、十津川には見えた。

崎田幸太郎と、落合由美を前にして、十津川は、

「崎田さんの奥さん、光江さんが自殺をしてしまったのは、あなたと、こちらにいる若い落合由美

さんとの関係を疑い、絶望してしまったからだろうと、私は最初、そんなふうに考えていたんですよ。しかし、そうやって考えると、うまく、説明できないこともいくつか出てきてしまうので、考えを変えることにしました。奥さんが、ヤキモチを焼いていたのは、あなたと、この落合由美さんとの関係ではなくて、女性会員の新藤晃子さんとの関係を疑い、そのことに、疲れ果てて、自殺してしまったのだと考えるようになりました。そのほうが、いろいろとうまく説明が、つくんですよ。どうですか、この考え、合っていますか？　それとも、違っていますか？」

「そんなふうに、考えてくださったことに、まず感謝します」

崎田が、少しばかり、切り口上で、十津川に、いった。

「新藤晃子さんですがね、なかなか、面白い女性なんですよ。ただ、あけっぴろげというか、開放的というのか、そういう性格なので、私たち四人の男性会員を、自分のほうから、食事に誘ったり、温泉に行ったり、そんなことを、平気でやる女性なんですよ。まあ、男から見ると、話の分かる女性とでもいうのでしょうか、男のわれわれにとっては、楽しい存在になっていました。二年前に、次は、北海道の知床に行こうということを、リーダーの金子さんがいい、その準備に、取りかかったんです。新藤晃子は、リーダーの金子に、しきりに、声をかけたり、相談し始めたんですよ。そうなると、どうしても噂になるんです。おそらく、その噂が、私の家内の耳にも、入ったんでしょうね。彼女は、金子と新藤晃子の関係だけではなく、私と新藤晃子との関係をも、疑って、とうとう、あんなことに、なってしまいました。たしかに、二年前は、金子さんと、いちばん深く、つき合っていたんじゃないですかね。当然、それも噂になりますからね。金子さんの奥さんが、ヤキモチを焼いて、というか、夫のことが心配になって、知床旅行に、強引に参加したりもしました」

「あなたも、知床旅行には、そこにいる、落合由美さんを、誘いましたね？」

「ええ、誘いましたよ。実は、前にちょっとばかり、新藤晃子と、つき合っていた時期がありましてね。そのせいで、家内が死んでしまったんです。この際、新藤晃子とは、もうやめにしよう。その意思表示で、落合由美を、知床旅行に連れていったんです」

「その後で、金子修さんが、殺されてしまいましたね？　犯人は、誰だと思っていますか？」

十津川は、わざと、こちらの考えは、いわずに、きいてみた。

崎田は、そばにいる落合由美と、顔を見合わせてから、

「私の勝手な考えをいっても、かまいませんか？」

「どうぞ、何でも、おっしゃってください」

「私なら、まず、奥さんの金子典子さんを、疑いますよ」

「どうしてですか？」

「彼女は、ヤキモチ焼きだし、今もいったように、新藤晃子は、金子さんに、盛んにモーションをかけていましたからね。そういうことは、自然と外に漏れていきますからね。それで、ご主人の金子さんと、新藤晃子の関係を疑って、それが今になって、嫉妬が殺意に変わって、石神井公園の中で、

ご主人の金子さんを、殺してしまったのではないかと、私は、そんなふうに考えていたのですが、誰に話しても、信用してもらえなくて」

「いや、私は、信用しますよ」

十津川が、いった。

7

現在は、金子典子の車になっている軽自動車、その車内から、見つかったスパナを、十津川は、科捜研に持ち込んだ。

十津川の予想したとおり、わずかに指紋が残っていて、やはり、金子典子のものと判明した。

もうひとつ、金子修の殺害に使われたロープと、典子が、現在住んでいるマンションのベランダで、干しものに使っているロープが、まったく同じものであることも、分かった。

十津川は、この二つのことから、金子典子について殺人容疑での逮捕令状を請求し、逮捕には、十津川自身が亀井たちを連れて、典子のマンションに向かった。

逮捕された金子典子は、取調室に入ると、すぐに夫を殺したと、自供を始めた。おそらく、今まで、夫殺害の秘密を守ることで、精神的にも、疲れ切っていたのだろう。十津川の質問にも、淡々と応じ、すべてを自供した後は、ホッとしたような表情になった。

すでに、日本ミステリーの会のリーダー的な存在だった金子修が殺され、今度は、その妻の典子が、殺人事件の犯人として逮捕された。残された会員たちは、日本ミステリーの会を、いったん解散することにしたと、十津川に、いってきた。

その中で、気になるのは、崎田幸太郎、新藤晃子、そして、落合由美の、三人の今後である。

十津川は、捜査本部を解散する前に、三人を一人ずつ捜査本部に呼んで、話をきくことにした。

いちばん最初に、捜査本部にやって来た崎田幸太郎は、十津川に向かうと、嬉しそうに、ニコニコ笑いながら、

「おかげさまで、ようやく、仕事が、見つかりましたよ。昔勤めていた会社に比べると、従業員は百分の一の、小さな零細企業ですが、今の私にしてみれば、このくらいの規模の会社のほうが、合っているのかもしれません」

「それで、落合由美さんとの関係は、どうされるおつもりですか？　結婚されるおつもりですか？」

亀井が、きいた。

「いいえ、彼女と結婚をするつもりは、ありません。なにしろ、私は、もう、五十代ですよ。彼女のほうは、まだ、二十代の後半です。私が、そんな若い彼女の人生を奪うことは、許されないと思いますからね」

神妙な顔をしながら、崎田が、きっぱりと、いった。

十津川は、次にやって来た、落合由美にも、同じことを聞いてみた。

「あなたは、崎田幸太郎さんと結婚するつもりですか？」

「崎田さんとの、結婚ですか？」

と、いってから、落合由美は、小さく笑った。

「これから先、崎田さんと、どうなるかは、まだ分かりませんけど、その前に一度、故郷に帰ろうと思っているんです」

「故郷は、どちらですか？」

「山形です。向こうで、親戚が小さな旅館をやっているので、しばらくはそこに行って、旅館の仕事を手伝いながら、これから先のことをいろいろと、考えてみようと思っています」

「そのご親戚の旅館の名前は、何というのですか？」

「それは、崎田さんには、伝えてありますわ」

そういって、落合由美は、また笑った。

最後に話をきいたのは、新藤晃子である。

晃子は、こんなことをいった。

「日本ミステリーの会を、解散することにしましたけど、それは、一時的なものじゃないかと思いますわ。だって、崎田幸太郎さんだって、寺西博さんだって、それから、中野新太郎さんだって、みんな、旅行が大好きなんですよ。それも、グループで、温泉を楽しみに行ったり、世界遺産に登録された、白川郷や熊野古道を行ったりするのが好きなんですよ。そのうちきっと、名前を変えて、同じような、グループが出来ますよ。そうしたら、私も参加するつもりです」

「それまでは、どうするんですか？」

「そうですね、私、大勢でワーワーやるのが好きなんですけど、でも、ひっそりと一人で旅行をするのも、好きなんです。今度は一人で、北海道の知床に行ってみようかなと思っているんですよ」

※『富士急行の女性客』は、「小説宝石」二〇〇九年五月号より二〇〇九年十一月号まで連載された作品です。

※この作品はフィクションであり、実在の個人・団体・事件などとはいっさい関係ありません。

（編集部）

◎お願い◎

この本をお読みになって、どんな感想をもたれたでしょうか。「読後の感想」を左記あてにお送りいただけましたら、ありがたく存じます。

なお、「カッパ・ノベルス」にかぎらず、最近、どんな小説を読まれたでしょうか。また、今後、どんな小説をお読みになりたいでしょうか。読みたい作家の名前もお書きくわえいただけませんか。

どの本にも一字でも誤植がないようにつとめておりますが、もしお気づきの点がありましたら、お教えください。ご職業、ご年齢などもお書き添えくだされば幸せに存じます。当社の規定により本来の目的以外に使用せず、大切に扱わせていただきます。

東京都文京区音羽一—一六—六
郵便番号 一一二—八〇一一
光文社 文芸図書編集部

長編推理小説
富士急行《ふじきゆうこう》の女性客《じよせいきやく》

2010年1月25日 初版1刷発行

著者 西村《にしむら》 京太郎《きようたろう》
発行者 駒井 稔
組版 萩原印刷
印刷所 慶昌堂印刷
製本所 関川製本
発行所 株式会社光文社
東京都文京区音羽1-16-6
電話 編集部 03-5395-8169
書籍販売部 03-5395-8113
業務部 03-5395-8125
URL 光文社 http://www.kobunsha.com/
編集部 http://www.dontstopread.jp/

落丁本・乱丁本は業務部へご連絡くだされば、お取り替えいたします。

ISBN978-4-334-07692-4

Printed in Japan

「カッパ・ノベルス」誕生のことば

カッパ・ブックス Kappa Booksの姉妹シリーズが生まれた。カッパ・ブックスは書下ろしのノン・フィクション（非小説）を主体としたが、カッパ・ノベルス Kappa Novelsは、その名のごとく長編小説を主体として出版される。

もともとノベルとは、ニューとか、ニューズと語源を同じくしている。新しいもの、新奇なもの、はやりもの、つまりは、新しい事実の物語というところから出ている。今日われわれが生活している時代の「詩と真実」を描き出す——そういう長編小説を編集していきたい。これがカッパ・ノベルスの念願である。

したがって、小説のジャンルは、一方に片寄らず、日本的風土の上に生まれた、いろいろの傾向、さまざまな種類を包蔵したものでありたい。かくて、カッパ・ノベルスは、文学を一部の愛好家だけのものから開放して、より広く、より多くの同時代人に愛され、親しまれるものとなるように努力したい。読み終えて、人それぞれに「ああ、おもしろかった」と感じられれば、私どもの喜び、これにすぎるものはない。

昭和三十四年十二月二十五日